얼굴

얼굴은 마음의 초상.

The face is the portrait of the mind.

뻑칠을 너무 많이 하여 본디 얼굴을 잃어버렸다

- 아르센 뤼팽/모리스 르블랑

얼굴

장편 장편소설

GENIO E

초판발행 2023년 4월 24일
지은이 장량
발행인 닮비
편집 닮비 · 미근
디자인 닮비
발행처 도서출판 제니오

주소 서울시 강북구 인수봉로 64길 58, 2F 도서출판 제니오
출판등록 제25100-2010-000018호
전화 02)905-4041
팩스 02)6021-4141
이메일 j_dalm@naver.com

ISBN 979-11-982385-1-1
= 값은 뒤표지에 있습니다.
= 잘못된 책은 구입하신 곳에서 교환해 드립니다.

차례

얼굴은 마음의 초상, 눈은 그 마음의 밀고자이다.

The face is the portrait of the mind; the eyes, its informers.

_라틴 속담_

1. 현산도

흑산도 서남쪽 10킬로미터, 난바다 한가운데 현산도가 있다.

정수리에 제법 넓은 잡목 숲을 이고 있기는 하지만, 둘레가 모두 절벽으로 배를 댈 기슭이 없고, 큰 섬에서 너무 먼 곳일 뿐 아니라, 식수가 나오지 않아 수천 년 동안 사람이 살지 않았던 이름 없는 무인도였으나, 2백여 년 전 한 젊은이가 눌러앉아 유인도가 되었다.

이른바, 입도조入島祖가 된 젊은이는 압해 정씨 학선으로 실학자 정약용의 혈족이었다.

학선은 자라면서 권력 부침과 가문의 흥망을 무수히 겪고 목격하면서 입신출세의 허무함을 일찍이 깨달았다.

학선은 백성들의 삶의 질을 개선하기는커녕 왕권에 빌붙어 기생하며, 권력과 기득권을 유지하기 위해 작당을 하여 모함과 흉계로 사화를 일으켜 서로를 죽이고 삼족을 멸하는 잔인무도한 짓을 일삼는 유학자들에게 크게 실망했다.

유학자들은 천 년 전부터 불교와 도교를 허무와 적멸에서 진리를 찾는 '허학虛學'이라 비판하면서 유학을 삶에서 진리를 찾는 실질적인 학문인 '실학實學'이라 내세웠다. 그러나 학선이 보기에는 의식주가 보장되어 평생 일을 하지 않고 글공부만을 해야 깨칠 수 있는 한자와 경학을 독점할 수 있는 사대부, 양반이 아니면 접근할 수 없는 유학이야말로 허학이었다

의식주 생계에 시간을 나누어야 하는 일반 백성들로서는 깨칠 수 없는, 한자와 한학 자체가 양반 세도가들이 쌓아놓은 어마어마한 장벽이요 음모였다.

학선도 걸음마 시절부터 그 어떤 노동도 하지 않고 오로지 글공부에 전념해 장벽을 넘어섰지만, 무리를 모아 당파를 지어 반대 파당의 죽이기 위해 사화를 일삼는 음모에 합류하기에는 타고난 성품이 모질지 못했다. 학선이 보기에 정치란 개백정 짓에 다름 아니었다.

학선에게는 실사구시, 사실에 기초하여 진리를 탐구

하는, 직접 눈으로 보고 귀로 듣고 손으로 만져보며 실제로 실험하고 연구하여 반박하거나 부정할 수 없는 객관적 사실을 통해 판단하고 해답을 찾아 진리를 추구하고 증명하는 실학이야말로 참 공부요, 사람으로서 추구해야 할 길이었다. 학선은 선비의 허울을 벗고 농사와 토목, 건축, 공예, 철공, 택견, 궁술 등을 보고 배우는 데 시간과 몸을 아끼지 않았고, 비록 노비, 천민일지라도 배울 점이 있으면 고개를 숙이고 가르침을 청했다.

그러한 학선을 눈여겨 본, 학선의 혈족이며 당대 실학의 거목인 정약종이 문하로 거둔 것은 당연한 귀결이고 초대 천주교인인 약종의 뒤를 따라 천주 교리 공부 후 영세도 당연한 수순이었다.

학선이 교리 공부를 끝내고 영세를 준비할 무렵 신유사옥이 일어났다.

신유사옥의 시발은 정조의 아버지로 백여 명을 살해한, 하루에 여섯 명을 죽이기도 한 희대의 살인마 사도세자의 뒤주 죽음으로 비롯된 시파와 벽파의 당쟁이 종교 탄압으로 비화 한 것이었다.

남인, 시파는 사도세자가 억울하게 폐위되어 뒤주 속

에 갇혀 참혹하게 굶어 죽었다며 세자를 동정하였지만, 노론, 벽파는 세자가 광폐하여 폐세자의 변을 자초하였으니 조금도 동정할 필요가 없을 뿐 아니라 그러한 자가 왕위에 올랐다면 나라를 망쳤을 것이라 주장했다.

조선시대 중엽의 당쟁은 주로 노론과 남인, 노론과 소론의 대결이었다.

정조는 당쟁을 잠재우고자 탕평책을 펴 당파를 떠나서 인물 위주로 중용했지만, 정조가 사망하고 정순왕후가 어린 순조를 대신하여 수렴청정하자 정계의 주도권이 노론 벽파로 넘어갔다. 벽파는 천주교도가 많은 시파의 세력을 꺾기 위한 종교를 빙자한 정적 숙청에 다름 아닌 신유사옥을 일으켰다.

정순왕후와 벽파는 오가작통법五家作統法이라는, 형제와 부모, 이웃과 친구, 스승과 제자가 서로를 고발해야 하는 유교사회에서는 있을 수 없는 배신행위의 강요를 통하여 전국에 걸쳐 정약종을 비롯한 3백여 명의 천주교 지도자를 색출하여 효수하였다.

학선은 영세 장부에 오르지 않아 처형을 면하였으나, 그 누군가의 손가락 질 하나면 목이 잘릴지 모르는 바람

앞의 촛불 신세가 되었다.

학선은 신념에 의한 죽음은 두렵지 않았지만, 그 누군가가 자신을 지목하는 비참한 지경에 몰리지 않도록 혈혈단신 한양을 떠났다.

신유사옥이 일어나기 바로 한 해 전에 흑산도로 유배되어 박해를 피한 백부 항렬 정약전을 찾아가 사화의 전말을 알리고 가르침을 받기로 한 것이다.

학선은 한양에서 무안현 목포진까지 천 리 길을 걸어가며, 관리와 결탁한 지주 토호의 탐욕에 고혈을 착취당하고 굶어 죽어가는 힘없는 백성들을 보며 부자는 더욱 부자가 되고 가난한 자는 더욱 가난하게 되는 인간사의 부조리에 몸서리쳤다.

개는 복날, 돼지는 잔치에 잡기 위해 먹이를 주고 거두지만, 굶주리는 백성들에게는 그마저도 없었다.

탐관오리와 지주들에게 백성은 개, 돼지만도 못한 존재였다. 지주들은 사사로이 사람을 죽이고, 얼굴이 고운 처자를 겁간해도 탐관오리에게 뇌물을 주고 유야무야했고, 탐관오리는 씨 곡식까지 빼앗아가는 세금 수탈을 자행해 국세 외에 제몫을 챙겼다.

소작 농사를 지어봐야 지주에게 소작료로 다 바치고 나눠 받은 쥐꼬리마저 세금으로 수탈당해 굶어 죽게 된 농민들은 땅을 떠나 죽창을 들고 도적떼를 찾아가야 했다.

　학선은 도저히 항거할 수 없는 절대 권력, 왕권 앞에서 무력한 자신의 존재가치에 회의를 느끼며 현세에서의 뜻을 거두었다.

　흑산도까지 간 학선은 약전의 서당에 몸을 의탁하지 않고 어부들과 함께 고기잡이를 하며 스스로 밥을 벌었다.

　박학다식하여 일머리가 좋고, 부지런하며 몸을 아끼지 않는, 양반이면서도 궂은일에 몸을 사리지 않은 학선은 이내 어부로, 이웃으로 흑산도에 스며들었다.

　그렇게 살아가던 중, 학선은 늙은 어부와 함께 바다로 멀리 나가 그물을 뿌리다가 저 멀리 수평선에 점 하나로 아스라이 보일 듯 말 듯 하는 섬을 보고 늙은 어부에게 물었다.

　"저쪽에 섬이 있는 것 같은데 사람이 삽니까?"

　"이름도 없는 무인도야."

　"가보셨어요?"

　"젊은 시절에 바람에 밀려 옆으로 지나는 가봤어. 그때

　　　　　　　현산도

돌아오지 못하고 죽을 뻔했지."

"여기에서 얼마나 멀어요?"

"육지로 따지면 2십리는 족히 넘을 거야."

"이쯤에서도 보이는 걸 보니 산이 높은 가봅니다."

"송곳처럼 뾰쪽한 바위투성이 작은 섬인데, 먹을 물이 나지 않아 사람이 살수 없어. 맞바람 없는 썰물에 노를 저어도 한나절 길인데 섬 둘레가 온통 절벽이라 배 댈 곳이 없어 오르지 못해, 오가다 바람을 만나거나 물때를 거스르면 꼼짝없이 먼 바다로 쓸려가 죽어. 그렇게 죽은 사람들이 한둘이 아니야. 그러니까 그쪽으로는 고개도 돌리지 마. 다 못 잡는 고기와 해초가 여기에도 지천인데 어느 미친놈이 저 죽을 줄 모르고 왕복 하루를 노질해 가겠어."

하지만, 실학자로서 호기심이 남다른 학선은 어느 날 새벽, 바람과 물때를 살펴 쪽배를 저어 기어코 그 섬에 갔다.

어렵사리 바위 절벽을 타고 섬에 오른 학선은 남다른 실학자의 눈으로 섬을 샅샅이 살폈다. 그리하여 섬 중턱 의 흙이 축축하게 젖어있는 것을 발견하고 그 습기를 따라가 바위 밑을 파헤쳐 바위 틈새에서 이슬처럼 방울방울 떨어지는 돌틈샘을 찾아냈다.

하루 종일 떨어지는 물방울을 모아 봐야 서너 되 남짓이었지만, 서너 명의 목숨은 살릴 수 있는 생명수였다.

학선은 깊지 않고 입구가 커서 비바람이 안쪽까지 들이치겠지만, 이슬을 피할 수 있는 제법 큰 해식동굴도 발견했다.

학선은 수 천 년 사람이 살지 못하는 그 섬에서 살아내는 것이 바로 실학이 세상을 구하는 학문이라는 자신의 신념을 증명할 수 있는 기회라 여겼다.

학선은 바위가 흑산도처럼 검은 것을 보고 흑산도와 변별하기 위해 검을 현玄자를 붙여 '현산도'라 이름 했다.

학선은 틈틈이 흑산도와 현산도를 오가며 바위 절벽을 정으로 쪼아 계단을 만들고 해식 동굴 안에 움막을 짓고, 막대기를 활줄에 감아 마른 나무에 이끼를 놓고 눌러 돌려 불을 지피고, 한 방울 씩 떨어지는 생명수를 아끼기 위해 쌀을 삼베 보자기 위에 펴 놓고 하룻저녁 이슬을 맞혀 불린 후 납작한 돌멩이를 넣은 질그릇에 바닷물을 붓고 보자기로 싼 쌀을 돌멩이 위에 올려 잡목으로 불을 때 증기로 쪄 민물 한 방울 쓰지 않고도 바닷물 간이 약간 남은 맛있는 밥을 지어 먹었다.

낚시질로 생선을 잡고, 화살을 쏘아 물새를 잡고 달걀만큼 큰 새알을 줍고, 조개와 해초를 따니 한나절만 고생을 해도 열흘을 먹을 수 있을 만큼 풍족했다.

지천으로 널린 해초를 바위에 널어 바닷물을 뿌려 소금을 얻어 쓰고, 먹고 남은 생선과 고기는 염장이나 건장을 해두어, 낚시와 새 사냥을 할 수 없는 장마철이나 폭풍이 며칠 씩 계속 되는 날에도 굶주리지 않았다.

섬 꼭대기의 잡목 숲의 고사목과 잔가지와 마른 이끼를 모아두어 하시라도 불을 피울 수 있도록 준비해 두었지만, 가능한 불을 쓰지 않았다. 밥을 지을 때도 움막 안에 들여 놓은 구들장처럼 넓고 평평한 바위 돌 위에 불을 지폈다. 학선은 밥이 지어지는 동안 달구어진 돌 위에 요를 깔고 물새의 속 깃털을 모아 만든 이불을 덮고 잠을 잤다. 달구어진 돌이 구들이 되어 등을 따뜻하게 하고 솜 대신에 깃털을 넣은 이불 속은 웃풍을 막아 겨울에도 잠을 이룰 수 있었다.

학선은 절벽 아래에 빗물받이 웅덩이를 만들어 세수와 빨래를 해 몸을 정갈하게 갖춤하고, 생선 기름으로 등잔 불을 켜 밤에도 책을 손에서 놓지 않으며 현산도에서 고고하게 생존했다.

실학자로서 체험에서 얻은 생활의 지식과 지혜. 실리적이며 합리적인 사고방식이 야생에서의 생존에 절대적인 자산이 된 것이다.

남의 손으로 먹고 사는 사대부나 지주, 선비 척하는 유학자들로서는 결코 생존할 수 없는 환경에서도 학선은 생존을 넘어 풍요를 얻은 것이었다.

그렇게 학선은 흑산도를 친정으로 두고 현산도로 시집간 듯 일 년 중 겨울을 제외한 7,8개월을 현산도에서 홀로 유유자적했다.

흑산도 원주민들은 경애해 마지않는 약전의 일족인 학선의 하는 짓을 고깝게 여기지 않고 학선의 생존 능력을 우러러 보았다.

학선은 초례를 치른 지 사흘 만에 남편을 바다에 잃어, 홀로 된 해녀를 아내로 맞이하는, 양반으로서는 할 수 없는 파격을 거리낌 없이 저질렀다.

서방 잡아먹은 년이라는 오명을 쓰고, 곱지 않은 눈길을 받던 학선의 아내는 학선보다도 더 현산도에서 기거하는 것을 좋아했고, 물질을 해 전복과 해삼을 건져 돈과 바꾸어 삶의 질을 한 차원 높여 주었다.

학선 부부는 종국에는 겨울을 날 수 있도록 움막을 단단하게 고쳐지었다.

아이가 태어나면 흑산도에서 키우고, 그 아이가 자라면 현산도를 지키며 고기를 잡고 아내는 물질하기를 이백 년.

정학선의 8세 손 정호현이 태어났다.

흑산도에서 중학교를 졸업한 호현은 육지 쪽 큰 섬에 있는, 국비로 학비와 숙식까지 제공하는 수산 고등학교에 진학했다.

국비라 하지만, 공짜는 아니었다. 졸업 후 어선을 타 수산업 발전에 일조를 해야 하는 의무 승선이 장학 조건이었다.

가정형편이 빈한하여 육지의 도시로 유학을 갈 형편이

되지 못하기도 했지만, 어려서부터 바닷일과 고기잡이에 어른 몫을 해오던 호현에게 의무승선은 굴레가 아닌, 원하던 바였다.

수산 고등학교를 최우수로 졸업한 호현은 곧바로 원양 어선의 4급 항해사로 취업했다. 병역과 승선 의무을 대신하고 3급 항해사가 될 경력도 쌓을 수 있는, 그에 더하여 또래는 받기 어려운 고액 연봉을 받아 가난에서 벗어날 희망이 보이는 취업이었다.

모진 중노동에 위험한 일이었지만, 호현은 기꺼이, 즐겁게 한국에 입항하지 않고 해외의 거점 항구에서 배를 바꾸어 타거나 계약을 연장해 왕복 항공료까지 챙겼다. 호현은 3급 항해사로 승진까지 해가며 원양 어선에서 5년을 근무해 스물다섯 살 어린 나이에 거액을 손에 쥐고 귀국했다.

귀국 즉시 목포로 내려간 호현은 흑산도행 쾌속여객선 터미널로 향했다.

여름철이라면 여객선 터미널 안이 북새통이었겠지만, 겨울에는 현지 주민이나 상인들이 주된 승객이라 한산

했다. 대부분 검고 두터운 방한복을 입고 후드까지 뒤집어쓰고 있었다. 호현도 라스팔마스에서 출발해 인천공항으로 입국해 제일 먼저 산 검은 색 덕다운 파카를 입고 있었다.

검은 색 일색인 승객들 중 오직, 단 한 명, 붉은 색 모직 코트를 입고 붉은 색 비니 모자를 푹 눌러쓴 위에 크고 두툼한 방한 마스크까지 쓴, 작달막한 아가씨가 눈에 띄었다.

얼추 객실을 거의 채운 배가 출항했다. 항구를 벗어 난 배가 속도를 올렸다. 엔진이 으르렁 거리며 최고 출력을 내자 수중익水中翼만 물속에 남기고 배가 수면 위로 떠올라 날 듯이 바다를 갈랐다.

배가 제 속도를 내어 선체가 안정되자, 빨간 코트를 입은 아가씨가 매점에서 커피를 사 가지고 와 호현 곁에 앉아 컵을 내밀며 말했다.
"커피 마시자. 호현아!"
뒤통수를 한 대 얻어맞은 것처럼 놀란 호현이 반사적으로 반문했다.

"누구신데, 제 이름을?"

아가씨가 마스크를 살짝 내려 얼굴을 보여주며 말했다.

"호현아, 나 은아야. 윤은아!"

윤은아!

그 이름은 호현을 20년 전으로 끌고 가는 웜홀이었다.

은아와 호현은 동갑나기로 며칠 차이로 태어나 친남매처럼 자란 사이였다. 하긴 좁은 섬 지역사회에서는 모두가 수백 년 그리 살아왔겠지만, 유독 호현의 부모님과 은아의 부모님은 어려서부터 호형호제 하면서 친자매 형제처럼 자란 사이였다.

나이가 많은 호현의 부모님은 친족이 없는 은아네 부모의 형님과 언니 역할을 기꺼이 맡아, 은아는 호현 부모를 큰아빠, 큰엄마로 불렀고, 호현도 은아의 부모를 작은 아빠, 작은엄마로 따랐다.

육지 볼일이 있거나 멀리 고기잡이 나갈 때면 서로의 집에 은아와 호현을 맡겨 놓았기에 둘이서 남매처럼 자란 사이였다.

은아와 호현은 초등학교 1학년부터 6학년 까지 내리 짝이었다. 한 학급뿐이라서 한 반이 당연했지만, 아무도 은아의 짝이 되려 하지 않았기 때문이었다. 학부모들이 은아 옆에 제 아이를 앉히지 못하게 했던 것이다.

은아는 그림을 뛰어나게 잘 그리는 그림쟁이에, 글짓기도 잘하고 공부도 일등이었지만, 선천성 심장 기형으로 몹시도 몸이 허약해 등교하는 날보다 결석하는 날이 많았고…,

결정적으로 은아의 아버지가 폐결핵 환자였다.

의료 혜택을 받을 수 없는 낙도였기에 제때에 치료하지 못했고, 빈곤해서 병을 이길 영양분이 있는 좋은 음식을 먹지도 못했다. 행정 기관을 통해서 목포의 국립 결핵 병원에서 약을 받았지만, 지속적이지 못해 결핵균의 내성을 키워 결국에는 불치가 된 것이었다.

은아네는 동네 사람들을 위해 외딴집으로 이사를 갔고, 사람들은 은아네 식구들을 만나려 하지 않았다.

당연히, 자식들도 은아 곁에 앉히려 하지 않았다.

그들을 탓할 수도 없었다. 섬과 같은 폐쇄 사회에서 결핵은 치명적인 전염병이었다.

하지만, 실학자의 후손인 호현의 부모는 개의치 않았다.

"결핵균이 몸에 들어와도 대부분의 사람들은 결핵에 걸리지 않는다. 그리고 은아 아버지는 약을 먹고 있어서 비활동성이고 사람과 만날 때 마스크를 쓰기 때문에 거리를 둘 필요가 없다."

며, 거리낌 없이 호현을 은아의 짝으로 앉혔다.

은아는 그림 그리기를 몹시도 좋아해서 교과서와 노트의 여백을 모조리 연필 그림으로 채웠는데, 여느 아이들처럼 만화나 낙서가 아니었다.

연필로 붓 그림처럼 사군자를 그리고 사람의 눈동자나 손을 진짜처럼 묘사하기도 했는데, 아버지의 영향이었다.

은아의 아버지는 윤씨 가문의 유전자를 물려받아 따로 배우지 않았어도 그림을 잘 그렸다. 하지만, 육지로 유학을 가서 정식으로 그림 공부를 할 수 없어, 잔재주에 머무르고 말았다.

선생님 중에 미대 출신이 있어 은아의 그림을 보고 크게 놀라 전국대회에 출품해 대상을 받게 하기도, 은아의 꿈도 화가였지만, 아버지와 똑같이 육지 유학을 갈 형편이 되지 못했고 건강도 따라주지 못했다.

현산도

은아는 넘어지면 깨질 것 같은, 유리로 만든 인형 같았다. 그 유리 인형을 보호하는 것이 호현의 임무였다.

"은아는 다치면 안 되는 아이야. 네가 잘 보살펴야 한다."

아버지의 명령이 아닐 지라도, 호현이 감싸고 도는 은아를 아무도 건드리지 못했다. 호현이 타고 난 싸움꾼이었기 때문이었다.

하지만,

결국,

오 학년 가을, 은아가 학교에서 각혈을 하며 쓰러졌다.

학부모 회의가 긴급히 열렸고, 학교에서는 교육청에 보고했다.

은아의 부모는 졸업이라도 시켜 달라고 통사정을 했지만, 학부모들은 자신들의 아이들을 모두 등교시키지 않겠다며 각계에 투서하고 진정서를 넣었다. 교육청에서는 가정학습으로 공부하고 검정시험으로 졸업하라고 권고했다.

어쩔 수 없었다.

호현의 부모가 호현의 학비로 모으고 있던 돈을 모두

내놓고 그 위에 현산도와 흑산도를 쉽게 오가려고 가까스로 장만했던 엔진인 선외기船外機까지 팔아 보태 은아네를 육지로 내보냈다.

하지만, 육지로 나간 보람도 없이 은아 아버지는 이년도 못 버티고 세상을 떠났고, 은아 엄마는 먹고 살길이 막막하여 은아를 데리고 서울로 떠난다는 소식을 끝으로 호현네와도 연락을 끊었다.

그렇게 육지로 떠난 은아가 13년 만에 아가씨가 되어 호현 앞에 나타난 것이다.

"내가 어렸을 때 장래 희망이 화가라고 하면, 너는 수산 고등학교에 가서 세계 제일 어부가 된다고 했었지. 그래서 고등학생 나이 무렵 수산 고등학교 홈페이지를 들어가 봤더니, 과연 네가 다니고 있더라. 얼마나 반가웠는지 몰라. 그 후로 거의 매일 들어가 봤는데, 며칠 전 네가 졸업생 동정란에 귀국한다고 올려서 네가 현산도로 갈 걸 알고 엊그제 목포로 내려와 아침마다 여객선 터미널에 나와서 기다렸어."

아! 은아는 변함없이 그 어떤 화가도 그릴 수 없고, 그 어떤 공예가도 만들 수 없는 유리인형 그대로였다.

"나는 너를 찾을 길이 없었지만, 너는 나를 찾았으니까 학교로 찾아올 수도, 홈페이지에 메시지를 남길 수도 있었을 텐에 왜 그러지 않았어?"

"언제 죽을지 모르는데, 너랑 소식 주고받다가 내가 덜컥 죽어버리면 너에게 상처만 줄 거 같아서 네가 보고 싶어도 참았어."

'네가 보고 싶어도 참았어.'라는 은아의 말이 호현의 가슴에 비수처럼 박혔다.

"정말 내가 보고 싶었던 거야?"

은아가, 그 맑고 큰 눈으로 호현을 지그시 들여다보며 말했다.

"지금까지 나에겐 남자고 여자고 친구라고는 너 밖에 없었어. 세상에 나가 살지를 못했으니까."

"그런데. 왜 갑자기 찾아온 거야?"

"더 늦으면 너와, 내 고향 흑산도를 다시 보지 못할 거 같아서 용기를 냈어. 너도 만나고 큰아빠 큰엄마도 만나보려고 왔어."

"잘 왔어. 지금 흑산도 선착장에 어머니와 아버지가 배를 가지고 마중 나와 계셔."

호현의 부모는 늦은 결혼에, 호현 또한 늦게 낳아 칠십이 다 된 나이에 평생 거친 바닷바람에 쓸려 주름진 얼굴이 더욱 늙어 보였다. 은아를 보고 호현보다도 더 놀라면서 반겼다.

"너희들 그동안 연락하고 있었던 거냐?"

"아뇨, 오늘 목포 터미널에서 만났습니다. 은아가 제가 올 줄 알고 기다리고 있었어요."

"여긴 사람들 눈이 많으니까 일단 현산도로 가자."

은아가 모자를 내리고 마스크를 올리며 화답했다.

"네. 큰아빠. 현산도가 어찌나 보고 싶었는지 꿈에 여러 번 왔었어요. 여름방학이면 큰아빠가 저희 가족 모두를 현산도로 데려와 한 달 씩이나 살게 하셨었죠."

호현 아버지는, 노를 젓는 쪽배가 아닌, 앞 바다 고기잡이도 가능할 제법 큰 배에 고출력 선외기를 붙여 부리고 있었다. 호현이 보낸 돈의 힘이었다.

현산도의 토굴도 겨울인데도 춥지 않을 만큼 보수가 되어 있었다.

아버지가 은아에게 말했다.

"여기서는 마스크 벗어도 된다."

"네!"

은아는 힘차게 대답하고 마스크를 벗었다.

"우와! 얼굴에 닿는 이 공기! 세상에나! 너무 좋아요. 집 밖에서 마스크 벗은 적이 없거든요. 엄마가 사람들이 내 얼굴 보면 잡아다가 술집에 판다고, 내 얼굴 지켜줄 아빠가 없으니까 절대로 사람들에게 얼굴 보이면 안 된다고 마스크 못 벗게 했거든요."

"에휴!"

어머니가 한숨을 푹 내쉬었다.

"네 엄마 혜주도 얼굴 내놓기 살기가 힘들었어. 어려서부터 성추행, 성폭행 위기 수태 넘겼어. 중학 때였을 거야. 뻔히 얼굴 아는 동네 놈들 대 여섯이 산으로 끌고 가는 걸 호현 아빠가 보고 쫓아가 놈들 면상을 다 부숴놨어."

아버지가 말을 받았다.

"다시는 그런 짓 못하게 두들겨 패서 선창으로 끌고 와 무릎 꿇려 놓고 혜주 건드리는 놈은 그날이 제삿날 될 거라고 으름장을 놓았더니 그 후로는 혜주를 다 피하더라고.”

“그날부터 혜주도 칼을 품고 다녔어. 그때고 지금이고 지켜줄 사람이 없는, 힘없는 여자는 고운 얼굴로 살아가기 힘든 몹쓸 놈의 세상이야.”

“엄마가 가지고 다니시던 칼, 지금은 제가 가지고 있어요.”

은아가 주머니에서 가운데 손가락 보다 조금 큰 은장도를 꺼내 보였다.

어머니가 은장도를 보더니 눈을 크게 뜨며 말했다.

“그 칼을 네가 가지고 있다면… 혜주가 죽었단 말이냐?”

“네. 작년에 돌아가셨어요.”

어머니는 순간에 눈물을 주르륵 흘리며 한숨처럼 말을 흘렸다.

“나쁜 것, 어디 사는지 소식 한 번 주지 않고 그냥 죽었어? 나쁜 것.”

“아네요. 큰엄마. 엄마는 돌아가시는 순간 까지 큰엄마 말씀을 하셨어요. 사는 것이 힘들어 연락한다고 해도 짐밖에 되지 않을 테니 보고 싶어도 참는다고요. 가정부와 청소부로 일해 번 돈 내 약값으로 다 쓰고, 밤새워 인형

옷을 만들고, 봉투를 접어 십 원, 이십 원 모아 몇 번이나 흑산도에 내려갈 차비를 마련했지만, 나를 혼자 두고 갔다 올 수 없었다고… 막걸리 한 잔 드시면 눈물을 짓곤 하셨어요."

어머니가 눈물을 훔치며 은아에게 물었다.

"그럼, 너 혼자 어디서 어떻게 살고 있어?"

"그림이 공모전 몇 군데 당선되었지만, 학력이 없어 지도 교수도 없고 선후배도 없고, 집안 배경도 없어서 그림 값 받는 화가가 되지 못했어요. 그래도 잡지사와 출판사 이곳저곳에서 가끔씩 싼 맛에 삽화를 그려달라고 해요. 제가 그리고 쓴 그림책도 조금씩 팔려서 그럭저럭 밥은 먹고 있어요."

어머니가 돌미역과 전복으로 미역국을 끓이고 구운 생선과 젓갈로 저녁상을 차렸다.

"우리는 어지간하면 그냥 내 섬에서 나는 것 먹고 산다. 내일 큰 섬에 가서 고기 사다 구워줄까?"

은아가 환히 웃으며 손사래를 쳤다.

"아뇨, 큰엄마. 저도 섬사람이잖아요. 딱 제 입맛입니다. 이 지구상 어디에서 이런 음식을 먹겠어요."

말은 그리하면서도 밥을 반공기도 먹지 못했다.

"죄송합니다. 그래도 몇 년 사이에 한 끼 밥으로는 제일 많이 먹었네요."

어머니는 더 먹으라는 말을 하지 않고 짠한 눈빛으로 은아를 보았다가 또다시 눈에 물기를 머금었다.

날이 어두워지자 아버지가 남포등을 켜며 말했다.

"발전기 돌려 전등 켤까? 잠자러 온 새들이 놀랄까봐 어지간하면 돌리지 않고 어두우면 자고 밝아지면 일어나며 살고 있단다."

"아뇨! 남포 불빛 너무 따뜻해요. 저 큰엄마 곁에서 자도 괜찮겠죠?"

"괜찮고말고! 여기가 네 집이고 내가 니 엄마다. 너는 태어날 때부터 내 딸이었다. 네 엄마와 나도 친 자매 이상이었고. 네 아버지도 호현 아버지를 형님으로 모셨잖아."

잠자코 있던 호현도 말을 넣었다.

"그래, 너는 처음부터 내 동생이었어. 초등 입학식 날 아버지가 나와 나란히 앉히며, 동생이니까 잘 보살피고 지켜야 한다고 하셨어."

"기억하고 있어. 아빠를 학교에 못 오게 하니까 큰아빠가 집에 와서 나를 학교에 데리고 가셨지. 그리고 쌈꾼인 네가 지켜줘서 아무도 나를 건드리기는커녕 욕 한마디 하지 못했고."

그날 밤. 갓난애처럼 엄마의 품에 안겨 잠들어 있는 은아를 보면서 호현은 잠을 이루지 못했다.

남포등 불빛 닿는 동그란 원 속에 있는 은아는 이 세상 사람이 아니었다.

긍정적으로 보면 천사였고, 부정적으로 보면 유령이었다.

호현은 기름이 떨어져 가는 남포처럼 생명의 빛이 가물거리는 그 연약한 생명을 물끄러미 내려다보았다.

어린 시절에도 호현은 은아가 남다르게 예쁜 아이라는 것을 알고 있었지만, 그냥 보살펴야 할, 힘없는 친구일 뿐이었다.

하지만, 남포 불 아래 누워 있는 은아는 보살펴야 할 아이가 아닌, 사랑해야 할 여인이었다.

호현의 가슴 속 깊은 곳에서 불꽃 하나가 피어오르더니 척추를 타고 대뇌에 이르러 폭발했다.

갑자기 눈물이 솟았다.

은아, 저 바람 앞의 촛불 같은 가련한 목숨에 대한 연민의 눈물이었다.

다음 날 아침.

은아가 기침을 하는데 티슈에 피가 튀어 박혔다.

깜짝 놀란 아버지가 호현에게 말했다

"은아 업고 배로 내려가자. 큰 섬 해군기지에 의무관이 있고 위급하면 해군 헬기로 목포로 갈 수도 있다."

은아가 황급히 고개를 흔들며 손을 내저었다.

"잠깐만요. 잠깐만요. 아니에요. 호현아, 내 핸드백 줘. 핸드백에 약 있어."

겨우 기침을 진정한 은아가 약을 먹고 벽에 기대 앉아 숨을 골랐다.

어머니가 어두운 얼굴로 말했다.

"너, 그 병 아직도 못 여의었구나."

"너무 어렸을 때 감염되어 결핵균이 골수로 들어갔고, 제때에 지속적으로 치료하지 못해 현재까지 나온 모든 항결핵약에 내성이 생기고 말았어요. 몸이 좋아지면 이겨내는데 몸이 약해지면 다시 터지곤 해요. 여기까지 오느라고 힘이 들었나 봐요. 수 백 번 넘긴 일이니까 걱정 마시고 큰 섬으로 데려다 주세요. 서울로 돌아갈게요. 두 분께 정말로 큰 폐를 끼칠 수는 없어요."

아버지가 큰 소리로 말을 던졌다.

"큰 폐라니! 무슨 말이냐! 너를 이대로 보내란 말이냐! 너야말로 걱정마라. 요즘 의학이 얼마나 발전했는데 결핵 따위를 못 잡겠냐!"

은아가 담담한 얼굴과 목소리로 대답했다.

"결핵균과 항결핵제와의 전쟁은 지금도 진행 중이랍니다. 특히 우리나라는 국민 소득 대비 국가 중 감염율 1위, 사망률 2위고요. 결핵 전문 병원에 가면 저 같은 사람 수도 없이 많아요."

"그러니까 공기 좋은 곳에서 좋은 음식 잘 먹고 약 잘 챙겨 먹으면 이겨낼 수 있다는 말 아니냐. 그럼 이곳 보다 더 좋은 곳이 어디 있겠냐. 우리가 너를 보살펴 주마."

"아녜요. 큰아빠 말씀은 정말 고맙습니다. 하지만 저 갈게요. 큰아빠, 큰엄마 뵙고 호현이까지 만나고 가게 되어 더 이상 소원이 없어요."

하며 은아가 무릎을 꿇고 큰 절을 올렸다.

어머니가 절을 하고 일어서는 은아를 붙잡고 떨리는

목소리로 물었다.

"은아야. 네가 나를 정말로 큰엄마로 생각한다면. 무슨 일인지 말해라. 말하지 않으면 이 손 놓아 주지 않겠다. 여보! 이 아이가 갑자기 찾아온 게 이상하지 않아요? 호현아! 네 생각에도 그렇지?"

아버지가 은아의 눈을 똑바로 쏘아보며 냉정하게 말했다.

"너, 죽으러 온 거냐!"

어머니가 화들짝 놀라며 남편을 말렸다.

"아픈 애를 그렇게 다그치면 어떻게 해요!"

한참 동안 눈을 감고 숨을 멈춘 것처럼 서 있던 은아가 말을 내었다.

"큰 아빠, 엄마. 죄송합니다. 호현아. 미안해. 사실은 죽으려고 온 게 아니라, 죽을까 봐 왔어요. 올여름에 지하철에서 쓰러져 119대원이 대학병원 응급실로 데려갔는데, 다행히 제가 다니는 병원이었어요. 흉부외과 과장님과 순환기 내과 과장님의 협진 결과 결핵균이 심장까지 파고들어 합병증을 일으켰답니다. 정신적 스트레스든 물리적 충격이든 약물 알레르기든 어느 순간에 심장이 멈출지 모르는 중증 협심증이래요. 그래서 죽기 전에 두

분 뵙고, 호현이 보고 가려고 왔어요. 이제 언제 죽어도 이 세상에 미련이 없으니까 저 그냥 갈게요."

한참 동안 모두들 말을 잃었다.

이윽고 호현이 입을 열었다.

"빈 몸으로 왔는데 어떻게 이대로 머물 수 있겠어요. 서울 살림도 있을거구요. 현산도는 병원에서 너무 멀고, 젊은 사람이 살기에는 편의 시절이 너무 없잖아요. 제가 잘 설득해 볼게요. 일단 제가 목포로 데리고 가서 서울행 차에 태워 줄게요. 어차피 저도 목포 갈 일이 있어요. 아빠, 수사고 방학 때 현산도에 몇 번 놀러 온 영후도 저처럼 원양 어선 타다가 한 달 먼저 귀국해 고기 잘 잡는 연안 어선을 알아보고 있어요. 둘 다 결혼을 하기도, 가정을 꾸리기도 힘든 원양 어선은 그만 타기로 했거든요."

"얼굴 검은 쪼그만 애 말이냐?"

"아뇨. 걔는 기관 전공한 점용이구요. 저와 함께 항해 공부한 덩치 큰 친구요."

"아! 대대로 어부 집안이라던 아이 말이냐?"

"네. 고등학교 때 삼 년 동안 기숙사 같은 방을 썼고, 의무 승선 기간 중 일 년 동안 한 배를 타기도 해서 서로에 대해 모르는 것이 없는 평생 동지입니다."

흑산도 선착장에서 목포행 쾌속선을 기다리는 사이에
도 은아는 기침을 계속했다.

호현은 누군가가 은아를 알아볼까봐 터미널 구석에 가
서 외투를 활짝 펼쳐 은아가 마스크를 내리고 기침을 할
수 있도록 가려 주었다.

겨우 기침을 멈춘 은아가 몸을 심하게 떨었다. 호현은
남의 눈 따위는 아랑곳 하지 않고 은아를 외투로 감싸
안은 채로 선착장 길 건너 이불 가게로 가 담요를 사 은
아를 돌돌 말아 싼 후 두 팔로 안아 들었다. 어찌나 가벼
운 지 짚단을 든 것 같았다.

배에 올라 자리를 잡자 은아는 호현의 품에 안겨 들며
눈을 감았다. 호현은 담요로 은아를 덮어 안고 가며 가끔
씩 들추어 얼굴을 보았다.

호현의 품안에서 얼굴의 모든 표정을 지우고 잠든 은
아는 아무리 보고 또 보아도 현실이 아니었다.

호현의 온몸 세포 하나하나가 열기를 머금고 달아오르
더니 호현이 평생 느껴보지 못한 희열이 회오리바람처
럼 몰아쳤다.

호현은 느꼈다.

이 한 순간만으로도 이 세상에 태어난 것이 헛되지 않았다는 것을!

호현의 달아오른 체온이 전달되었는지 은아는 몸을 떨지 않고 두 시간 내내 눈을 감고 안겨 있었다.

강보에 싼 아기처럼 은아를 품에 안고 목포 여객선 터미널에 내린 호현은 은아를 흔들었다.

"은아야. 목포에 도착했어. 우리 뭐 좀 먹고 역으로 가자."

하지만, 은아는 깨어나지 않았다.

겁이 덜컥 난 호현은 공중전화 부스로 영후에게 전화했다.

"영후야!, 나, 지금 은아와 여객선 터미널에 왔어."

"은아? 너 초등학교 짝이었다는 은아씨를 만난거야? 와 대단하다. 나도 정옥이랑 같이 있거든!"

"영후야. 나 좀 도와줘 지금 은아가 많이 아파서 겁도 나고 어느 병원으로 데려가야 할지도 모르겠어. 네가 좀 도와주라."

"뭐라고? 지금 터미널 앞 길 하나 건너 우리 집에 정옥이랑 같이 있으니까 바로 달려갈게. 정옥이 간호대학 나온 간호사야!"

　5분도 채 되지 않아 영후와 정옥이 달려왔다. 호현은 터미널 휴게실 구석에서 후드를 들쳐 은아의 잠든 얼굴을 보여 주었다.

　정옥이 은아의 코 밑에 손가락을 대본 후 눈꺼풀을 벌려 눈동자를 보더니, 황급히 말했다.

　"이, 이런! 슬리핑이 아니고 코마야 코마. 잠든 게 아니고 혼수상태라고! 일분일초라도 빨리 병원에 가야해. 내 차가 이곳 주차장에 있어! 어서 차로 가자!"

　차에 올라 시동을 걸며 정옥이 물었다.

　"병명! 간단하게 병명만 말해요! 어느 병원으로 가야 할지 결정하게요."

　호현은 전신을 강타하는 공포감에 부들부들 떨면서 가까스로 대답했다.

　"선천성 심장 기형, 결핵, 협심증!"

　"그렇다면 국립목포병원! 질병관리청 국립목포병원이 멀지 않은 곳에 있어요. 결핵 전문병원으로 50년 이상 결핵치료와 연구로 특화된, 결핵에 관한한 국제적 수준의 병원이죠."

정옥은 비상점멸등을 켜고 신호와 차선을 무시하며 승용차를 구급차처럼 몰면서 휴대폰으로 병원에 전화를 해 응급 팀을 대기 시켰다.

병원은 목포 변두리 야산 아래 외딴 곳에 있었다.

인공호흡기와 수액을 달고 중환자실로 들어가는 은아를 보면서 호현은 하염없이 울었다. 얼굴에서 떨어진 눈물방울이 대기실 바닥에 뚝뚝 떨어졌다.

영후는 무서울 만큼 강한 친구의 무너진 모습을 처음 보았다.

"호현아. 걱정 하지 마. 국제적 수준이라잖아."

"그래서 더 무서워. 여기서 깨어나지 못하면 끝이잖아."

대기실 한편에서 휴대폰 통화를 하던 정옥이 호현에게 와서 말했다.

"목포 병원의 간호사 90퍼센트가 우리 학교 출신인데 이곳 중환자실에도 선배가 있어서 통화했어요. 은아씨 심장과 폐가 나름 안정적이라니까 너무 걱정하지 마세요."

영후가 호현의 손을 잡아 일으키며 말했다.

"우리, 여기 있어봐야 아무런 도움이 되지 못한다. 비상연락처에 정옥이 전화번호 적어 두었으니까 지금 가서 네 휴대폰부터 트자. 나도 입국하자마자 개통했어."

합리적이고 현명한 영후의 말에 따라 호현은 휴대전화를 개통했다.

모두들 경황 중에 점심을 굶었고, 저녁 식사 시간이 되어서 근처 식당으로 갔다.

수십 가지 반찬이 정갈하게 나오는 남도 백반이었다. 그 통에도 호현은 은아를 데리고 오면 몇 가지 반찬은 먹겠구나 생각했다.

그늘진 호현의 얼굴을 보고 정옥이 잔을 내밀며 분위기 전환을 시도했다.

"은아씨 저렇게 여려 보여도 어린 시절부터 수백 번 싸워 이긴 역전의 용사 아니겠어요. 일단 위기는 넘긴 것 같으니까 마음 놓으셔요. 경황 중에 인사도 못했네요. 김정옥입니다. 영후에게서 말 많이 들었어요. 고딩 때 그러더라고요 싸우면 이길 것도 같은데 이기고 싶지 않은 친구가 있다고요."

호현도 인사를 받았다.

"네. 정호현입니다. 영후에게서 하도나 말을 많이 들어서 낯설지 않습니다. 정말 고맙습니다. 오늘 은아 뿐만 아니라 저의 생명도 살리셨습니다."

"은아씨가 아직은 떠날 때가 아니라서 제 곁에 온 거죠. 그나저나 세상에나. 어떻게 사람이 저렇게 생길 수가 있어요? 말이 안 나오네요. 정말 천사를 안고 있는 줄 알았어요."

"호현이 네가 고딩 때, 살아있는 천사하고 초등 짝이었는데 사람이 아니라서 벌써 하늘나라로 갔을 거라고 했지? 그때, 내가 '어린 애 눈에는 좀 예쁘면 다 그렇게 보인다'고 했었잖아? 그 말 취소한다. 취소해!"

호현이 술을 한 잔 입에 톡 털어 넣고 한 모금으로 삼키며 독백처럼 대답했다.

"그때는 별 느낌 없이 이별을 그냥 받아들이고 마음 아파하지 않았는데… 이젠 아니야. 이젠 절대로 보내지 않을 거야."

병원에서 가장 가까운 모텔에서 잠을 잔 호현은 은아가 깨어나 일반 병실로 옮겼다는 정옥의 전화를 받자마자 택시를 기다리지 못하고 뛰어갔다.

6인 병실의 가장자리 침대에 빙 둘러 커튼이 쳐져 있었다.

은아는 호현을 보고도 아무 말 하지 않고 멀거니 쳐다만 보았다. 호현도 말을 건네지 못하고 침대 곁에 멀뚱히 서 있었다.

한참 후, 은아가 말을 했다.

"호현아. 나 네 품안에서 죽도록 놔두지 왜 살려냈어? 나 너 품속에서 너무 좋았어. 살면서 그렇게 포근하고 편안하고 기분 좋은 느낌은 처음이었어. 그렇게 행복한 순간은 태어나서 처음이었어. 그래서 이대로 죽었으면 좋겠다고 생각했는데… 그 순간에 정신을 잃은 거 같아."

이때,

병실 문이 열리는 소리가 나더니 커튼이 주르르 열렸다. 정옥과 영후였다.

순간, 은아가 덮고 있던 홑이불을 잡아 당겨 얼굴 위로 푹 뒤집어썼다.

영후가 은아를 달랬다.

"은아야. 현산도에서 이야기 했던 친구 영후와 너를 이곳으로 데려와 살려 준 영후 여친이야. 그러니까 걱정하지 말고 얼굴 보여줘."

"아냐, 마스크 써야 해. 나한테 결핵 옮으면 안 되잖아요."

정옥이 대답했다.

"괜찮아요. 결핵균이 무섭다면 여기 왔겠어요?"

"결핵도 결핵이지만, 엄마 말고 다른 사람 만날 때 마스크 벗은 적이 없어서 겁나서 그래요. 사람들이 나를 보고 오모짜 같이 생겼다며, 자꾸만 만지려고 했거든요. 그래서 엄마가 모자를 눌러 씌우고 커다란 마스크를 씌웠어요."

호현이 물었다.

"오모짜라고?"

"응, 나중에 알아보니까 일본 말로 장난감이란 말이더라고."

영후가 불쑥 말을 던졌다.

"틀린 말이 아니네요, 나도 어제 호현이 품에 안겨 있는 은아 씨 보고 일본 애들이 배에 가지고 다니는 섹스돌인 줄 알았어요."

순간, 정옥이 영후의 등짝을 사정없이 후려쳤다.

"또, 또! 생각 없는 막말! 너, 언제 사람 될래!"

호현도 하마터면 영후의 면상에 주먹을 날릴 뻔 했다.

정작 은아는 이불 속에서,

"섹스돌이 뭐예요?"

하고 물었다.

호현은 은아의 말에 대답하지 않고 영후를 향해 쳐들었던 주먹을 내리면서 말했다.

"은아야. 영후와 정옥씨는 벌써 네 얼굴 봤어. 그러니까 괜찮아."

"그럼, 커튼 쳐. 병실에 들어올 때도 엎드려 얼굴 파묻고 왔거든."

호현이 커튼을 치자, 은아가 주춤주춤 이불을 내렸다.

호현이 영후를 소개했다.

"내가 유일하게 싸우지 않은 친구야. 누구든 깐죽대는 놈은 일단 두들겨 패고 봤는데, 이 친구는 때리기 싫더라고. 방금도 한 방 날리려다 겨우 참았어."

"누가 할 소리. 붙으면 이길 거 같아도 봐준 게 난데!"

이어서 호현이 정옥을 소개했다.

"영후 여친인데, 간호대학 나온 간호사에, 어제 보니까 카 레이서더라고."

정옥이 먼저 스스럼없이 말을 건넸다.

"만나서 반가워. 얼굴 보여줘서 영광이야."

"대학을 나온 진짜 간호사라구요? 나는 초등학교도 졸업 못한 무학력자에 운전면허도 없는 바보인데, 내가 영광이죠."

"넷 모두 한 동갑 친구인데 그냥 말 편하게 해."

"그래도 되는 거야? 평생 친구라고는 남자든 여자든 호현이밖에 없었어. 그래서 친구랑 어떻게 무슨 말을 해야 하는 지도 몰라서 겁난다."

"우리가 겁나지 왜 은아 네가 겁나나? 병실에 오기 전에 담당 의사 만났는데 병원에 더 있어 봐야 처치 할 수 있는 게 아무것도 없으니까 그냥 먹던 약 처방 해줄 테니 퇴원하래. 배고프다! 나가서 아침밥부터 먹자."

어제 갔던 백반 식당에 가자 은아는 사람들이 보지 못하도록 구석진 자리에 벽을 보고 앉았다가 음식이 나온 후에야 마스크를 벗었다.

은아는 조개탕 국물에 밥을 한 수저 말아 먹어 호현을 기쁘게 했다.

밥을 먹고 나자 은아가 마스크를 쓰며 말했다.

"호현아. 이제 나 서울 갈게."

호현이 눈에 힘을 주어 은아의 눈을 쏘아보며 단어 하나하나 또박 또박 새기듯 말했다.

"아니, 너 혼자는 안 보내. 너와 나는 가족이야. 너는 내가 보살펴야 할 가족이라고! 이제부터는 가장인 내가 너를 부양하며 네 얼굴 지켜줄게. 내가 너를 다시 살려냈으니까 네 목숨은 내꺼야. 그러니까 너는 네 맘대로 죽을 수 없어. 내가 살아 있는 한 너도 살 것이고, 네가 죽으면 나도 죽을 거야. 서울은커녕 죽음으로도 도망갈 생각 포기해. 당장 네가 살 집 여기에 마련해 줄게."

호현의 말에 정옥이 반색을 했다.

"은아만 좋다면 우리 집에서 나와 지내자. 엄마 아빠는 선창가 횟집에서 사시고, 안집에서 나 혼자 살고 있거든. 오래된 집이지만 정원도 있고 방도 여럿 있는 큰 집이야. 도배하고 장판 새로 깔면 살 만 할 거야. 당분간 내가 병원 그만두고 함께 있을게. 지금 있는 종합 병원, 봉급도 박하고 의사들도 싸가지가 없고, 간호사들 저질 문화도 싫어서 간호사 때려치우고 다른 직업 찾아볼까 고민 중이었거든. 처음부터 간호사 될 생각은 없었어. 대학은 가고 싶은데, 대학 갈 형편이 되지 않았거든. 그래서 졸업

현산도

하면 바로 취업해 집에 보탬이 될 거 같고, 장학금이 많아서 학비를 내지 않아도 되고, 집에서 걸어 다닐 수 있어 간호대학에 갔는데, 간호사가 되고 보니 영, 내 성깔에 맞지 않아. 하루에도 열 두 번은 의사와 환자들 볼 싸대기 날리고 싶은 걸 참는데. 더는 못 참겠어. 차라리 일식 조리사 공부해서 주방장 할까 생각 중이야. 어려서부터 엄마 가게 주방에서 알바를 해서 칼질은 좀 하거든."

은아가 눈을 동그랗게 뜨며 말했다. 감동이 스민 목소리였다.

"우와! 정옥이 너 정말 멋지다. 나도 너처럼 맘대로 살수 있으면 얼마나 좋을까! 정옥아. 너처럼 용감하게 사는 법 가르쳐 주라."

모든 일에 망설임이 없는 호현은 그 자리에서 영후에게 부탁했다.

"그럼, 나는 이 길로 은아와 서울에 가서 은아 살림 정리해 내려올 테니까 너는 집수리 좀 해 놔라."

은아의 반지하 셋방에는 책과 음반과 비디오테이프가 가득했다.

"학교도 못가고, 밖에도 못나가니까 그냥 책 읽고 음악 듣고 영화만 봤어."

하며 은아는 벽에 붙여 놓은 종이를 가리켰다.

Books are the plane, and the train, and the rood.
They are the destination, and the journey. They are
home.

책들은 비행기이자, 기차이며 길이다. 그것은 목적지
이자 여행이고 집이다.

"원 트루 씽One True Thing, 앵무새 죽이기To Kill a
mockingbird 라는 소설을 쓰고 영화에도 출연한, 내가
무한 존경하는 미국 여류작가 안나 퀸들렌Anna Quindlen
의 말이야."

"은아야. 내가 너를 책 속에서 꺼내줄게. 나와 함께 비
행기와 기차를 타고 손을 잡고 길을 걷자."

정옥은 은아와 함께 살면서 날마다 놀라고 감동했다.
백지장처럼 깨끗한, 꾸밈없는, 백치와 같은 마음과 얼굴
과는 달리 책 속에서 얻은 헤아릴 수 없는 지식과 지혜
가 바다와 같았고, 영화를 자막 없이 보려고 독학한 영어
가 원어민 수준이었던 것이다.

호현과 영후는 은아와 정옥이 서로, 자신들만큼이나 친하게 지내자 마음을 놓고 돈을 벌기 위해 바다로 나가기로 하고 넷이 모였다.

　"정옥씨가 은아를 돌보니까 맘 놓고 바다로 나갈 수 있겠어. 일단 정옥씨를 은아의 입주 간호사로 고용하고 정식으로 월급을 지급하고 이 집의 생활비도 내가 다 부담할 거야."

　호현의 말에 정옥이 웃었다.

　"아예 나를 식모로 들이겠다고요? 천만에요. 내가 은아에게 학비를 내야 할 판이네요. 대학을 서너 개 다니는 것 같다고요."

　"은아를 돌보고 이 집을 유지하려면 돈이 있어야 하니까 일단 통장과 카드를 만들어 놓을게요. 쓰고 남으면 개인 용도로 써도 상관없어요."

　은아가 말했다.

　"나는 돈 쓸 줄 모르니까 정옥이 네가 돈 다 가지고 살림해."

　영후도 그냥 있지 않았다.

　"나도 그 계좌로 돈을 넣을게. 그냥 우리 넷 공동 운명체로 살자."

어선은 동서고금을 통하여 출어경비를 제외한 순익의 반을 선주 몫으로 떼고 나머지 반을 선원들이 나눠 받는다. 어업의 형태마다 조금씩 다르기는 하지만 대부분 하부 선원을 한 몫으로 잡고 선장은 세 몫, 기관장은 두 몫, 갑판장은 한 몫 반이나 두 몫으로 나눈다. 기관장이 엔진을 비롯한 각종 어로 장비를 잘 정비해 주면, 고기의 생태와 어장, 물때, 예년의 경험, 다른 어선의 어황 등을 종합하여 판단한 선장이 고기가 있는 곳을 찍어내고 유능한 갑판장이 그물을 내려 고기를 잡아 올리면 하부 선원까지 큰돈을 나눠 받을 수 있지만, 반대의 경우 죽을 고생을 하고도 빈손으로 배를 내려야 하는 어부들도 적지 않다.

요컨대, 선장과 갑판장과 기관장의 혼연일체가 만선을 부르는 것이다.

연안 어업 경험이 없고, 나이가 어린 호현과 영후는 각자 다른 배의 선원으로 어선을 탔지만 이내 갑판장이 되었고, 서른 살에 선장이 되었다.

선장이 된 호현과 영후는 서로 어획고 1, 2위를 다투며 열심히 고기를 잡아 번 돈을 정옥에게 맡기며 한 달

51   현산도

에 두 번, 조금 때면 입항해 3, 4일씩 함께 지냈다.

정옥은 은아의 건강이 혼자 지낼 만큼 호전되자 길 건너 바닷가 어머니의 횟집 주방장으로 취업해 생활비를 벌어, 영후와 호현이 번돈을 쓰지 않고 알뜰하게 관리해 불렸다.

그리하여 마침내 정옥은 빚이나 융자를 업지 않고, 호현과 영후에게 어선 '현산호'를 건조해 선물했다.

네 사람 거의 매일 조선소에 들러 현산호가 모양을 갖춰 가는 것을 지켜보며 기뻐했다.

배에 엔진이 들어가고 진수가 코앞에 닥치자, 정옥이 말했다.

"우리 네 사람이 공동 선주이지만, 건조도 내가 발주했고, 등록도 내 앞으로 해야 하니까 내가 선주 대표야. 호현이와 영후 둘 중 누가 선장하고 갑판장 할지 결정해. 선주와 법정 계약서를 써야 하니까."

호현과 영후는 서로 선장 자리를 미루었다.

"우리 둘이 바다에 나가면, 선장이고 갑판장이 구분 없이 그때그때 상황에 따라 배 몰고 고기 잡을 거고, 선장 몫을 더 받든, 갑판장 몫을 덜 받든, 결국은 정옥이 통장으로 들어갈 테니까 누가 선장 하든 갑판장을 하든 무슨 상관이야."

정옥이 정색을 하며 선을 그었다.

"아니야! 분명히 선장을 선임해야 해. 법적인 책임이 있잖아!"

영후가 선수를 쳤다.

"호현이가 생일이 좀 빠르고, 나는 항해보다 고기 잡는 것이 좋고, 호현이는 항해를 좋아하니까 호현이가 선장 해!"

며칠 후, 새 배의 진수를 앞두고 호현이 회의를 하자며 안건을 상정했다.

"벌써 10년 이상 들어 온 이야기지만, 우리 네 사람의 동거에 대해 선창가 사람들의 유언비어와 모함, 비하가 정도를 넘은 줄 다들 알고 있을 거야."

사람들과의 직접적인 접촉이 없는 은아가 깜짝 놀라 물었다.

"이웃 사람들이 우리에게 욕을 한다고요?"

정옥이 음울한 표정으로 대답했다.

"엄마가 가게나 미장원에서 들은 이야기를 전해 주기

도 하고 내 앞에서 대놓고 비아냥거리는 사람도 많아."

"무슨 말인데? 듣고 싶다! 알고 싶다!"

영후가 말했다.

"은아씨에 대한 이야기가 대부분이니까 은아씨도 알 권리가 있어."

정옥이 망설이다가 입을 열었다.

"10년이 넘도록 얼굴을 보여주지 않는 은아에 대해, 한센 병에 걸려 얼굴이 뭉개진 문둥이다. 혼자서는 나들이도 못하는 백치다. 예전에 선창가 집창촌에서 몸을 팔면서 얼굴이 알려져 가리고 다닌다. 미성년자를 데리고 와 성폭행하며 키웠다. 뭐 그런 말들을 쑥덕이고, 우리 넷이 한 방을 쓴다, 심지어는 스와핑을 한다는 말까지 하며 뒤통수에 손가락질을 하더라고."

호현이 심각하게 말했다.

"내 앞에서 대놓고 은아에 대해 말하는 놈 면상을 부숴 버릴 뻔한 일이 한두 번이 아니야. 우리가 새 배를 짓는다니까 배가 아파서 그런지 개 짖는 소리 하는 사람들이 요즘 부쩍 많아졌어. 그래서 이제는 우리가 사는 것을 바꾸자."

영후가 호현에게 물었다.

"어떻게? 뭐? 미리 먹은 마음이 있는 거 같은데?"

"영후야. 우리 배 진수식 날 우리 결혼하고 분가하자. 은아 건강도 결혼 생활 버틸 거 같고, 너와 정옥씨도 더 늦기 전에 둘만의 가정을 꾸려야지. 은아도 여자로 태어났으니까 사람 사는 경험은 다 해야 봐야 후회가 없을 테고."

영후가 자리에서 벌떡 일어서며 박수를 쳤다.

"우와! 정호현! 너 내 진짜 친구, 절친 맞구나! 찬성이다. 대찬성!"

정옥이 자못 화난 듯 테이블에 찻잔을 소리 나게 내려놓으며 말했다.

"세상에 이렇게 멋없는 프러포즈가 다 있나!"

호현이 황급히 진화에 나섰다.

"프러포즈가 아니야! 프러포즈는 각자 따로 하자고요."

"이 남자들, 그래도 양심은 있나 보네. 10년을 동거한 거 소문 다 나서 어디 다른 남자에게 시집가기 애 저녁에 떡시루 모래밭에 엎었구만. 이제라도 면사포를 씌워 준다니 감개무량하네! 그렇지 않아도, 엄마가 영후랑 결혼하지 않으려면 다른 사람과 가정 꾸려 애 낳으라고 달

달 볶는 중이야. 그래 결혼하자! 결혼해! 은아 너는?"

은아도 떨리는 목소리를 냈다.

"그, 그래. 나도 면사포…, 베일은 꼭 한번 써보고 싶어서 그림도 여러 번 그렸어. 그런데 결혼 생활을 할 자신이 없어…"

호현이 다시 나섰다.

"은아야. 결혼식만 올리고, 지금처럼 각방 쓰며 살면 돼. 우리 둘보다도 영후와 정옥씨를 생각해야지."

"그건 그래, 나 때문에 세 사람 모두 희생을 하고 있잖아. 그래 결혼이 아니라, 결혼식 할게."

정옥이 은아의 손을 잡고 말했다.

"바로 옆집 사서 담벼락에 문달아 놓자. 무슨 일 있으면, 내가 바로 너에게 갈 수 있도록 말이야."

결혼식 일주일 전부터는 정옥은 날마다 미장원에 가서 피부 관리를 하고 당일에는 새벽부터 미장원에 누워 화장을 했지만, 은아는 집에서 스스로 화장을 했다. 예쁜 화장이 아니었다. 보통 사람처럼 보이도록 본디 얼굴을 숨기는 못난이 분장이었다.

한 순간에 선창가 참새들 입에 자물쇠를 채운 결혼식

은 가히 신의 한 수였다.

결혼식의 절정은 20톤급 안강망 어선, 현산호의 진수
였다. 은아와 정옥이 손을 맞잡고 도끼를 휘둘러 로프를
자르고 샴페인을 터트렸다.

예식 준비는 웨딩 전문가들이 출장을 나왔지만, 진수
식은 수산고 단짝 동창 김점용이 진두지휘했다.

점용은 농부의 아들로 어려부터 농기계를 다루는 데
소질이 있어 수산고에서 기관을 전공해 졸업 후 원양 어
선의 기관조수로 승선, 친구들 못지않은 돈을 모아 아버
지의 평생소원이며, 자신의 꿈이기도 한 고향 섬의 간척
지 방조제 축조에 몸과 마음과 돈을 온전히 투자했다. 그
리하여 점용 부자는 물막이에 성공했으나, 그해 여름 역
대 급 태풍이 불어 모든 것을 쓸어가 버렸다.

실의에 빠진 점용의 아버지는 술독에 빠져 몇 달도 버
티지 못하고 세상을 떠났고, 빈털터리가 된 점용은 목포
로 나와 연안 어선의 기관장으로 이배, 저배를 전전했다.

어선에 발을 딛는 순간, 의식주가 모두 해결이 되기 때
문에 점용은 연말 결산을 볼 생각을 하지 않고 한 달에
두 번 조금 때 입항 하면 가불을 해 며칠 동안 술과 여자

에게 탕진하고 빈손으로 출항하기를 반복했다.

피로연에서 낮술이 오른 불쾌한 얼굴로 점용이 20년 친구 호현과 영후에게 말했다.

"나도 여자가 있어. 어렸을 때부터 좋아하던 동네 친구 누나인데 벌써 임신을 해서 데리고 오려는데 서울에서 장사하다가 빚을 좀 졌나봐. 빚 갚아 주면 서울 살림 정리하겠다고 해. 니들이 돈을 빌려 주면, 내가 현산호 기관장으로 타서 갚을게."

현산호의 기관장을 맡겠다는 수십 년 경력자들이 줄을 서고 있었다. 신형, 새 엔진은 고장이 날 일이 없어 기관장이 되면 말 그대로 놀면서 어부의 두 몫을 받을 수 있기 때문이었다.

호현과 영후는 현산호의 선주이며 사무장인 정옥을 설득해 배에서는 절대로 술을 마시지 않겠다는 서약을 받고 오랜 친구의 부탁을 들어주었다.

점용이 데리고 온 두 살 연상 성민정은 검푸른 얼굴에 튀어나온 광대뼈와 입, 치켜진 눈초리와 번득이는 흰 눈동자를 가진, 결코 편치 않은 인상의 작달막한 여자였다.

점용은 성민정을 데려와 선술집을 차려 주고 안방에 들어앉았다. 점용은 입항하면 민정의 가게로 직행해 술타령을 하다가 출항하곤 했지만, 배에서는 약속대로 술을 마시지 않고 엔진을 돌보고 펌프와 크레인, 견인 롤러, 구명정 등 각종 장비를 점검, 정비, 운용하는 기관장으로서의 책무를 소홀히 하지 않아 호현과 영후는 마음 놓고 고기잡이에 전념할 수 있었다.

현산호는 첫 출어부터 만선 깃발을 휘날렸다.

두 달 후 태기를 느낀 정옥이 은아와 함께 임신 테스트를 했다. 둘 다 두 줄이었다. 허니문 베이비였다.

정옥은 즉시 은아를 데리고 도청 소재지 대학병원에 가서 양수 검사와 태아 유전자 검사를 했다.

더 커봐야 확신을 하겠지만, 기형이나 감염은 발견되지 않았다

호현과 영후는 하늘로 날아갈 듯 기뻐했다.

성민정이 다섯 달 먼저 딸 영지를 낳았고 은아는 딸 유라를, 정옥은 아들 정빈을 낳았다.

갓 태어난 유라는 엄마처럼 예쁘지 않아 호현과 은아

는 오히려 기뻐했다. 이목구비를 하나하나 뜯어보면 나름 잘생긴 것도 같은데, 얼굴에서는 제자리에서 비껴난 듯 전체적으로 비틀려 보여 결코 예쁘게 봐줄 수 없었다.

정빈은 건장한 부모 양쪽을 다 닮아 뼈대가 굵고 얼굴이 각이 졌다. 머리통도 커서 그냥 사내답게 생긴 아이였다.

성민정의 딸 영지는 엄마 민정처럼 왜소한 체구에 피부가 검고 거칠고 갓난애임에도 불구하고 사람을 쳐다보는 눈매가 편치 않았다.

은이는 유라가 태어나자마자 정옥에게 맡겼다.

"나와 같은 인생을 살도록 할 수는 없어. 결핵균에 감염될 수도 있고, 내가 오래 살지 못할 수도 있잖아. 그러니까 네가 유라 엄마가 되어야 해."

정옥은 기꺼이 유라의 양육을 맡아, 정빈보다 더 정성을 들여 귀하게 길렀다.

성민정은 영지의 젖을 일찍 떼어, 시어머니께 맡겼다. 점용의 어머니는 양육비와 생활비를 받는 조건으로 손녀를 떠맡았다.

세 가족은 매년 여름 홍어기에는 모두 현산호를 타고 호현의 부모가 노환으로 소천해 무인도가 된 현산도로 피서를 갔다. 피서에는 점용의 어머니와 영지도 빠트리지 않았다.

유라와 정빈은 정옥의 끔찍한 보살핌과 넉넉한 선주의 아이들답게 곱게 잘 자랐다.

영지도, 간척지 개펄에서 조개와 낙지를 잡는 할머니가 커다란 고무 대야에 태워 개펄로 끌고 다니며 키워 햇볕에 타 흑인 아이 같았지만, 건강하고 야무지게 병치레 없이 잘 자랐다.

2. 현산호

목포 선적 20톤급 안강망 어선 현산호는 지난 5년 동안 서남해 동급 어선 중에서 발군의 어획고로 전설이 되었다.

수산 고등학교 동기인 선장 정호현, 갑판장 장영후, 기관장 김점용, 그리고 선원의 우두머리 영자, 네 사람이 혼연일체가 되어 일구어 낸 성과였다.

선원 중 가장 경험이 많고 나이가 많은 사람을 영자 領者로 우대하는데, 영자라는 호칭이 여자 이름 같아 우스꽝스러워 북한말처럼 두음 법칙을 적용하지 않고 혀를 구부려 령자로 호칭하는 사람이 많다. 훌륭한 령자는 선장이나, 갑판장 못지않게 어선에서 중요한 사람이다.

령자가 뛰어나면 어로 작업과 어구 정리, 수리가 원활해 어획에 큰 도움이 되기 때문이다. 어선에 처음 오르는 초보 어부를 가르치고, 작업을 분담하고, 잡힌 고기를 선별해 세척, 상자에 담아 어창에 넣고 그물을 다시 넣을 수 있도록 준비하는 전 과정에서 령자의 역할이 지대한 것이다.

따라서 좋은 령자는 선장과 선주의 인복이었다.

현산호의 령자 문수복은 장호현 선친의 어선에서 스무 살 어린 나이에 어부 생활을 시작한, 안강망 어선 20년 경력의 뛰어난 어부였다.

호현은 현산호 건조 당시부터 문수복을 령자로 섭외했는데, 탁월한 선택이었다. 문수복은 자신이 뱃일을 가르친 삼십 대 초반의 젊은 어부, 김영만과 이성주 둘을 데리고 왔다. 세 사람 외에 어선에서 화장으로 부르는 주방장. 네 사람이 어로 작업의 최소 필수 선원이었다.

어로 작업은 극한 직업이다. 고된 노동과 뱃전 밖 한 걸음이 황천길인 위험한 작업 환경, 불확실한 소득으로 수시로 선원이 바뀌는데, 어부가 되겠다고 결심하고 어선에 탔지만, 한 항차 2주일도 견디지 못하고 배에서부터 작업을 포기하고 입항하는 즉시 도망가는 사람도 숱하게 많았다. 또한 어획고가 많지 않아, 결산 시 나눠 받는 돈이 적으면 갑판장, 기관장일지라도 다른 배로 옮겨 가는 것이 당연시 되고 있었다.

하지만, 현산호의 어부 중 주방장을 제외한 셋은 5년 동안 배를 내리지 않았다. 그 어느 어선을 타도 현산호 만큼 돈을 벌 수 없기 때문이었다.

호현은 바다에서는 모든 일에 책임을 져야하는 선장 이라는 책무 때문에 사무적이며 명령적인 강직한 말을 해야 했지만, 뭍에 내리면, 령자를 형님으로, 다른 선원 들을 아우로 부르며 인간적으로 따뜻하게 대했다. 호현 의 인간미와 리더십으로 여섯 명이 혼연일체가 되었으 니, 5년 무사고에 어획고 선두가 어쩌면 당연한 것인지 도 몰랐다.

설날을 보름 앞 둔 음력 12월 15일.
가거도 서남쪽 30킬로미터 해상.

겨울 파도와 바람이 심상치 않았지만, 연중 가장 생선 값이 비싼 설 대목을 맞이하여 많은 어선들이 고기잡이 를 나왔다.

대부분 목포와 제주 선적 어선들이었다.

근래 보기 드문 풍어였다.

더구나 그물마다 설 대목에 부르는 것이 값인, 씨알이 굵은 황금빛 조기들이 가득 들었다.

복권 당첨에 버금가는 기쁨으로 어부들은 바람을 가르고 파도를 타넘으며 죽을 둥 살 둥 조업에 전념했다.

하지만, 기상 상태가 악화되어 폭풍과 풍랑 주의보가 발령되었다.

기상청의 특보가 아닐지라도 바다가 이미 뒤집어지고 있어서 어선들은 서둘러 그물을 거두고 피항 준비를 했다.

이내, 주의보가 경보로 바뀌고, 순간 풍속이 100킬로미터에 달하는 강풍과 함께 10미터가 넘는 파도가 몰아쳐 일대 해역이 아수라장이 되었다.

현산호도 서둘러 그물을 끌어올리고 있었다.

그물을 묶은 팔뚝 굵기의 로프를 양망기에 걸어 배 위로 올리는데 뱃머리가 휘청할 만큼 묵직했다. 고기가 가득 든 것이다.

널뛰기 하는 파도와 비옷을 벗겨낼 듯 부는 바람 속에서도 호현과 영후는 미소를 지었다. 그 정도 파도와 바람 쯤을 겁낼 호현과 영후가 아니었고, 현산호 또한 그보다

현산호

더한 태풍도 무수히 이겨내 온 배였다. 특히, 호현의 거친 바다를 이겨내는 황천항해荒天航海기술과 뱃심은 타의추종 불허였다.

하지만…,

고기가 가득 들어 부풀대로 부푼 그물을 돛대에 달린 데릭 크레인이 갑판에 올리려는 찰나, 갑자기 배의 엔진이 정지하며 배가 기울었다.

폭풍보다 더 무서운 사태가 발생한 것이다.

악천후 속에 엔진이 정지되면 그 어떤 배도 가랑잎이 되고 마는 것이다. 뱃머리를 돌려 파도를 맞받아 타고 넘을 능력을 상실하고, 뱃전을 넘나 들며 배안에 고이는 바다 물을 퍼내는 펌프가 정지해 침몰하게 되는 것이다.

특히, 어선은 더 더욱!

호현은 기관실의 비상벨을 울리고 갑판의 확성기를 켰다.

"영후야! 기관실!"

영후는 기관이 정지한 순간, 가슴이 철렁하여 호현의 말이 떨어지기도 전에 기관실로 다이빙하듯 뛰어 들었다.

기관실에 점용이 쓰러져 있었다. 영후가 점용을 붙잡아 흔들며 소리쳤다.

"김점용! 김점용! 점용아! 정신차려!"

순간, 지독한 술 냄새가 영후의 코를 찔렀다.

기관실에 1.8리터 들이 비닐 소주 통이 뒹굴고 있었다.

만취해 인사불성인 점용을 깨우려고 씨름할 시간이 없었다.

삶과 죽음이 초단위로 엇갈리는 절체절명의 순간이었다.

영후는 점용을 내려놓고 용수철처럼 튀어 선장실로 갔다.

"호현아! 점용이가, 점용이가! 술에 취해 인사불성이야!"

"뭐라고!"

호현은 반사적으로 손을 뻗어 조난 신호 위성 발신기를 켜며 소리쳤다.

"영후야! 선원들에게 구명동의 입히고 그물을 잘라!"

영후가 선원들에게 구명동의를 던지고 그물을 달고 있는 로프를 자르는 순간 거대한 파도가 현산호를 덮쳤다.

뱃사람들이 가장 두려워하는 요꼬나미,よこなみ 橫波 배 옆구리로 달려드는 파도였다. 엔진이 살아 있었다면,

뱃머리를 파도 앞으로 돌려 가르며 타고 넘었을 것이었으나, 현산호는 속수무책, 옆구리로 파도를 받아야 했다.

산과 같은 파도가 현산호를 번쩍 들었다.

90도로 기울어진 현산호의 갑판이 수직으로 일어섰다.

갑판에 있던 사람과 어구들이 모조리 바다로 쓸려 내려갔다. 영후는 수평으로 기울어진 돛대를 잡고 바다에 떨어지지 않고 버텼다.

현산호는 파도의 골로 내려가면서 가까스로 수평을 회복했으나, 영후는 더 큰 파도, 꼭대기가 보이지 않는 물의 장벽이 밀려오는 것을 보았다. 그때, 확성기에서 튀어나온 호현의 목소리가 영후의 고막을 때렸다.

"영후야! 구명정! 구명정의 캐니스터가 터지지 않았다!"

영후가 선원들이 쓸려 내려간 바다 쪽을 보니 터지지 않은 구명정 주위에서 선원들이 허우적거리고 있었다.

영후는 선장실을 향해 목이 터져라 외쳤다.

"정호현! 빨리 나와! 지금 뛰어 내려야 해!"

그 순간에도 호현이 자못 진중한 목소리로 말했다.

"너는 선원들을 구해라. 조난 신호를 보냈으니 구명정

만 펼치면 산다. 나는 점용이 데리고 나갈게."

밀려온 파도가 현산호를 번쩍 들어 올려 옆으로 굴렸다. 영후는 배가 기울 때 구명정을 향해 다이빙을 했다.

구명정을 덮고 있는 뚜껑인 캐니스터는 물에 빠지면 저절로 튀어 나와 빠지는 볼트로 고정되어 있어서 입수와 동시에 열리게 되어 있지만, 고장이 난 모양이었다.

터지지 않은 구명정이 그물에 걸려 바다 속으로 끌려 들어가고 있었다.

영후는 자맥질을 하여 구명정을 감싸고 있던 그물을 걸어 내고 캐니스터 볼트를 주먹이 부서져라 내리쳤다.

다행히, 캐니스터가 열리고 즉시로 구명정에 질소가스가 들어가 펼쳐졌다.

영후는 선원들이 허위적 거리는 쪽으로 구명정을 밀고 가 선원들을 붙잡아 구명정에 달린 밧줄을 쥐어 주었다. 세 명이었다. 영후가 주위를 둘러보니 주방장 이중석이 저만치에서 물속으로 가라앉고 있었다.

파도가 널뛰기를 하고 바람이 소용돌이치는 그 절체절명의 순간에도 영후는 중석을 향해 헤엄쳐가 머리카락을 움켜쥐고 끌고 와 구명정으로 밀어 올렸다. 가히 초인적인 힘이었다.

겨울 바다에 빠지면 20분 이내에 저체온으로 가사 상태에 빠지고 곧바로 응급처치가 이어지지 않으면 사망한다.

골든타임 20분! 영후는 그 짧은 시간에 구명정을 펼치고 거친 파도에 쓸려가는 동료 선원 네 명을 붙잡아 구명정에 올린 것이었다.

구명정에 먼저 올라 있다가 영후가 붙잡아 온 주방장을 끌어당겨 올리던 령자가 영후의 등 뒤를 가리켰다.

완전히 뒤집어진 현산호가 배 바닥을 하늘로 향한 채 가라앉고 있었다.

영후는 반사적으로 배를 향해 다시 뛰어들었으나 부질없는 짓이었다. 배는 벌써 맨몸으로 잠수할 수 없는 깊이로 들어가 버렸다.

영후가 숨을 쉬기 위해 떠오르니 다행히 구명정은 현산호가 가라앉으며 일으킨 소용돌이 속에 갇혀 멀리 가지 못하고 가까이 있었다.

구명정을 붙들고 영후는 절규했다.

"호현아! 정호현!"

배가 가라앉으며 일으키는 소용돌이를 산더미 같은 파도가 지우고 몰아치는 바람 소리가 울부짖는 영후의 목소리를 삼켰다.

휘몰아치는 폭풍이 구명정을 침몰 현장에서 몰아냈다.

구명정은 세탁기 속의 빨래처럼 무수히 뒹굴고 뒤집혔다. 영후를 중심으로 네 선원은 서로를 죽을힘을 다해서 껴안고 버텼다. 어느 한 사람이라도 포기하고 손을 놓으면 모두가 죽을 터였다.

긴긴밤이었다. 먼동이 터 오르고 바람이 잦아 들쯤 모두가 저체온으로 시들어갔다. 죽음으로 가는 졸음 속에서도 의식을 지닌 사람은 영후 혼자였다.

아스라이 구조 헬기 소리를 들은 영후는 구명정의 지퍼를 열고 가슴에 품고 있던 조명탄을 꺼내 쏘고 의식을 잃었다.

해군의 헬기로 육지의 병원으로 후송된 영후 이하 네 선원은 죽음의 문턱에서 발길을 돌려 살아났다.

건장한 체격과 체력, 강인한 책임감을 지닌 영후가 제일 먼저 깨어났다. 영후는 눈을 뜨자마자 팔에 꽂혀 있는 수액 주사를 뽑아내고 소리쳤다.

"배 안에 호현이와 점용이가 있어! 어서 가서 데리고 와야 해!"

영후는 중환자실에서 당장 나가야겠다고 난동을 부렸다.

간호사들이 달려들고 당직 의사가 쫓아와 말렸지만, 영후의 완력과 의지를 꺾을 수 없었다.

병원에서 탈출한 영후는 실종자를 수색 중인 해양경찰대로 달려갔다.

담당자가 말했다.

"조난신호 발신 위치를 중심으로 범위를 넓혀가며 실종자를 수색하고 있습니다."

"아니오! 두 사람은 침몰된 배 안에 있소! 내가 그물을 넣었기 때문에 현산호가 침몰한 정확한 위치와 수심을 알고 있소. 수심 80미터! 심해 잠수부가 가야 합니다!"

하지만, 해양경찰은 영후의 말을 묵살했다.

"실종자 수색 매뉴얼대로 성실하게 임무에 임하고 있

으니 기다리십시오."

말은 그렇게 하지만 영후는 해양 경찰의 수색 매뉴얼이 현장 상황에 유연하게 대처하지 못한다는 사실을 잘 알고 있었다.

영후는 선창으로 달려가 유디티UDT, 해군 수중폭파전대 부사관으로 전역해 잠수 관광과 수중 촬영 영업을 하는 수산고 선배를 찾아갔다.

선배는 두 말 없이 수중 탐색을 자원했고, 또 현산호와 선단을 이루어 어로작업을 하던 나이든 선장이 곧바로 배를 내어 함께 침몰 지점으로 가 주었다.

영후의 말대로 침몰한 현산호의 기관실에 선장과 기관장의 사체가 들어 있었다.

기관실에 들어가 직접 두 사람의 사체를 꺼낸 선배가 말했다.

"기관실에 있었는데, 호현이가 점용이의 멱살을 잡고 있었어. 그런데 호현이가 얼마나 굳세게 점용이를 잡고 있었는지 사후경직으로 굳어진 손가락을 펼 수가 없어 점용이 옷을 도려내고 분리해 끌어냈어."

선배의 말대로 호연의 손아귀에 점용의 옷자락이 잡혀 있었다.

사흘이나 물속에 있었지만, 사체는 조금도 훼손되지 않아 생시의 모습 그대로였다. 겨울의 차가운 수온과 기관실의 기름이 사체의 부패와 바다 생물의 접근을 막은 모양이었다.

호현과 점용의 사체를 실은 배는 해경의 요구에 따라 어선부두가 아닌 해경 전용 부두로 입항했다.

부두에는 해양 경찰들과 보험회사 조사원, 국립과학수사연구원 검시관과 119대원들과 앰블런스, 은아와 정옥, 민정과 점용의 어머니, 구조된 선원 넷 중 퇴원하지 못한 주방장 이중석을 뺀 선원 셋이 기다리고 있었다.

이중석은 2년 쯤 전 성민정의 추천으로 현산호의 주방장이 되었는데, 서울에서 성민정이 운영하던 식당의 주방장이었다고 했다.

어선에서 가장 구하기 힘든 선원이 배에서 화장이라고 부르는 주방장이었다. 식사를 준비하고 설거지를 하다가도 그물이 올라오면 갑판에 나가 고기를 골라 씻고 상자에 담아 어창에 넣는 일을 도와야 했기 때문이었다.

불과 한 항차, 보름 반에 못 해 먹겠다며 예고도 없이 도망가는 화장 지원자가 부지기수였다. 좌우지간 1년을 채워서 성과급을 타가는 화장이 없던 차에 성민정이 이중석을 추천하자, 인상도 좋지 않고 어디서 무슨 짓을 했는지도 모르지만, 당장 아쉽기도 하고 기관장 점용이 아내의 말을 들어 보증을 서겠다고 해서 시험 삼아 현산호에 태웠는데, 의외로 말수가 없어 문제도 일으키지 않고 묵묵히 맡은 일을 다 해서 그렁저렁 2년을 태워서 바다에서 생사고락을 함께하는 뱃동서로 인정을 해주었다.

이중석은 몸집이 작고 상륙하면 점용처럼 술을 밥 삼아서 체력이 약해서인지, 침몰 당시 익사 직전까지 가는 바람에 퇴원하지 못해 참석하지 못한 것이었다.

마스크를 쓴 은아는 몸을 가누지 못하고 정옥에게 기대 서 있고, 점용의 어머니는 입을 악 다물고 독기 어린 눈빛으로 접안하는 배를 쏘아보고 있었다.

"검시를 해야 합니다. 검시관의 지시에 따라 주십시오."

배가 닿기 전에 해경들이 가족과 배 사이를 막아섰다.

뱃머리에 서 있다가 맨 먼저 내린 영후가 경찰들 사이

를 비집고 나와 아내에게 물었다.

"아이들은?"

"당신 지시대로 셋 다 엄마 가게에 데려다 놓고 왔어요."

"당신과 은아씨도 호현이를 보지 않았으면 좋겠어. 당신이 은아씨 데리고 자리를 피해 줘."

정옥이 눈물을 주르륵 흘리며 말했다

"은아, 설득하고 사정해도 소용없었어요. 큰일은 이미 났어요. 호현씨 사체를 인양했다는 소식을 들은 순간 혼이 나가버렸어요."

119대원들이 배에 올라 호현과 점용의 사체를 들것에 올려 내렸다.

검시관이 경찰 전용 무전기로 두 사람의 손가락 지문을 하나하나 들여다보며 숫자를 불렀다. 손가락의 지문을 열 가지 문양으로 분류한 십지분류번호였다.

대한민국 국민으로서 성년이 되어 주민등록을 할 때는 열 손가락 지문을 찍어야 하고 그 지문 전체가 국가기관의 데이터베이스에 저장이 되어 신원 확인의 가장 중요한 정보가 되는 것이다.

열 손가락의 십지분류기호를 다 부르자, 경찰청 컴퓨터가 곧바로 응답했다.

"19600106. 정호현. 흑산면 현산도리."
"19600825. 김점용. 대해면 명산도리."

검시관이 컴퓨터의 응답을 영후를 향해 되풀이해 전했다.

영후가 고개를 끄덕였다.

검시관이 무전기를 끄며 말했다.

"신원을 육안 확인할 가족을 불러 주세요."

어쩔 수 없는 법적 절차였다.

은아는 남편의 사체 곁에 무너지듯 쓰러졌다.

"여보! 세상에 당신이 바다에 지다니요! 여보! 유라 아빠. 호현씨! 호현아! 호현아!"

검시관이 사무적인 말투로 냉정하게 물었다.

"이분이 정호현씨가 맞습니까?"

윤은아가 고개를 끄덕이며 남편의 얼굴을 부여안고 뜨거운 눈물을 남편의 얼굴에 떨어뜨렸다.

검시관은 이어, 점용의 곁에 우뚝 서서 남편을 멀거니 내려다보고 서 있는 성민정에게 물었다.

"이 사람이 김점용씨 맞습니까?"

성민정도 고개를 끄덕였지만, 남편을 끌어안거나 울지 않았다.

이때, 점용의 어머니가 호현의 사체에 달려들어 발길질을 하며 악을 썼다.

"정호현! 네 이놈! 내 새끼 살려내라! 내 새끼 살려 내라! 멀쩡히 살아있던 내 새끼를 싣고 가 송장으로 데려오냐! 호현이 이놈! 네놈이 배 가라앉히고 친구를 죽였어! 네 이놈! 내 새끼 살려내라!"

사체 곁에서 정말로 피가 섞인 붉은 눈물을 흘리고 서 있던 장영후가 재빨리 점용의 어머니를 한 손으로 물건처럼 번쩍 들어 뒤쪽으로 들어냈다.

노파는 영후의 손에 들린 채로 영후의 멱살을 잡고 입에 거품을 물고 악을 썼다.

"네 이놈! 장영후! 네 놈이 호현이와 짜고 내 새끼 죽였지! 네 이놈! 네 놈하고 호현이가 내 새끼를 죽였어! 아이고! 경찰관님! 이 살인자 잡아요! 이놈이 내 새끼 죽였단 말이요!"

영후가 큰 소리로 또박또박 말했다.

"점용이 어머님! 이러시면 안 됩니다! 점용이가 엔진을 꺼트려 배가 가라앉았어요. 아시겠어요? 점용이 때문에 호현이도 죽고 배가 가라앉았다고요!"

점용의 어머니는 영후의 말을 듣고 잠시 말을 멈추더니 이내 눈동자를 까뒤집고 포악하게 소리쳤다.

"네 이놈들! 그래 사람 죽이고 배 넘어간 죄를 내 새끼한테 뒤집어씌우려고! 이놈들이 처음부터 그렇게 짜고 내 새끼 배에 태우고 나갔구나. 이놈들아. 내 아들 점용이는 네 놈들처럼 고기 잡는 쌍놈이 아니었어! 육지에서 농사짓는 양반을 네놈들이 꼬드겨 배에 태웠어! 네놈들 아니었음 점용이가 왜 죽냐고! 내 아들 살려내라!"

점용의 어머니는 땅바닥에 퍼더버리고 앉아 가슴을 치며 고래고래 소리를 질렀다.

"세상 사람들아. 내 말 좀 들어 보소. 세상에 생떼같이 산 내 새끼 데리고 가 죽인 놈들이 지들 죄를 내 새끼한테 뒤집어씌운다네! 경찰관님들 저 쳐 죽일 놈들 안 잡아 가두고 뭐하고 있소!"

수사관들과 의료진이 사체 가방의 지퍼를 닫고 후송하

려고 은아를 달래 호현의 사체에서 떼어 내려고 할 때, 은아가 마스크를 벗었다.

그 통에도 모두들 은아의 얼굴을 보고 한걸음 물러서며 놀란 눈을 끔벅이며 숨을 멈추었다.

은아가 맨 얼굴을 호현의 뺨에 부비며 오열하며,

"여보. 당신 없는 세상을 내가 어찌 살겠어. 나와 같이 가."

하더니, 그 누가 말릴 새도 없이 주머니에서 은장도를 꺼내 자신의 가슴을 푹 찌르며 호현의 사체 위로 쓰러졌다.

의료진들이 달려 들었지만, 은장도가 정확하게 은아의 심장을 관통해 되살릴 수 없었다.

윤은아, 그녀에게 있어서 삶의 끈은 정호현이었다. 그 끈이 끊어진 순간, 그녀 또한 삶을 놓아 버린 것이었다.

국과수 검시관과 수사관은 몸 전체에 외상의 흔적이 없고, 사고 정황상 익사가 확실하므로 장례를 허가했으나, 점용의 어머니가 살인사건이라며 경찰서에 가 뒹굴고 대서소에서 진정서를 써 사방에 찔렀기 때문에 결국 부검을 해야 했다.

보험회사도 사고의 원인에 따라 보험금 지급이 달라질 수 있으므로 부검에 찬성했다.

영후는 친구 간의 정리를 생각해서 처음에는 부검을 원치 않았으나 호현의 사채를 모욕한 점용의 어머니가 괘씸하여 배를 침몰시킨 선장이라는 불명예를 뒤집어쓴 호현의 명예를 회복시키리라 마음먹고 부검에 찬성했다.

부검 결과 호현의 폐에서는 경유가 섞인 해수가 다량 들어 있었지만, 점용의 폐에서는 극히 작은 양밖에 발견되지 않았다. 침수했을 당시 점용은 이미 의식이 없었다는 증거였고, 영후의 주장대로 혈액 속에서도 알코올이 검출되어, 현산호의 침몰은 기관장의 음주, 직무유기에 의한 엔진 정지가 원인으로 공식 인정되었다.

점용의 어머니가 부검을 주장하지 않았으면 지급되었을 점용의 사망 보험금을, 보험회사는 사고 유책자의 보험금은 지급하지 않는다는 약관을 들어 지급하지 않았다.

점용의 어머니는 보험금을 내놓으라고 또 다시 패악질을 했지만, 보험회사에서 점용의 유산 상속자에 부채를 승계하여 가족에게 엄청난 금액의 손해 변상을 청구하겠다고 하자 영지를 데리고 간척지로 도망치듯 가버렸다.

호현의 부모가 노환으로 돌아가신 후 몇 년 동안 비어 있던 현산도에 배가 닿았다.

장영후 부부가 정호현 부부의 장례를 치르러 온 것이었다.

영후는 정빈을, 정옥은 유라를 등에 동여 업고 정호현 부부의 납골함을 들고 절벽의 계단을 올랐다.

영후는 현산도 중턱의 작은 공터에 호현과 은아의 납골함을 묻고 작은 묘석을 올려 놓았다.

장례가 끝나고 정옥은 선주로서 결산을 해야 했다.

선원들은 현산호의 침몰 전까지의 어획고에서 성과급을 나눠 받았지만, 한 달에 두 번 입항 때마다 가불해간 점용에게는 그나마도 적자였다.

그래도 영후는 정옥을 설득했다.

"점용이도 밉고, 점용이 어머니도 밉지만, 영지가 뭔 죄야. 영지 키우도록 좀 생각해 주자고."

졸지에 배를 잃은 선주가 된 정옥은 기가 막혔다. 그나마, 영후가 나머지 선원들을 구출해 내 거액의 유족 보상금, 합의금, 장례비등을 지출하지 않아 파산을 겨우 면한 상태였기 때문이었다.

그래도 남편의 말에 대한 시늉으로 적지 않은 돈을 성민정에게 주었다.

돈을 받은 날, 성민정은 현산호의 주방장 이중석과 함께 사라졌다.

그제야, 영후는 현산호 침몰 당시 구명정에 오르지 못하고 물속으로 가라앉는 이중석을 끌어냈을 때 술 냄새가 났었다는 사실을 상기해 냈다.

3. 현산어보

정옥과 영후는 몇 달 동안 거의 폐인이 되었다. 시도 때도 없이 울컥 눈물을 쏟고, 길을 가다가도, 밥을 먹다가도 떠오르는 그 얼굴에 넋을 놓아야 했다.

그렇지만 그들 앞에는 갓 여섯 살이 된 유라와 정빈이 있었다.

유라는 태어나면서부터 정옥의 손에서 자랐고, 아버지 호현도 한 달에 한두 번 잠깐씩 보았기 때문에 부모의 죽음으로 난 빈자리를 의식하지 못한 듯, 평소와 다름없이 정옥을 따랐다.

정옥은 정빈을 뒷전으로 두고 유라를 최상의 의식주와 교육환경으로 키우리라 작심했다. 책과 영화와 음악, 그림이 가득한 은아의 방을 유라에게 주고 좋은 음식, 좋은 옷으로 키웠다.

영후도 바다에 나가지 않으면 알코올 중독이 될 것 같다며 다시 안강망 어선의 선장으로 배에 올랐다.

그러나

기후의 변화와 어족자원의 고갈로 예전처럼 고기가 잡히지 않고, 대표적인 3D 직업인 어부가 되겠다는 젊은이들이 없어 외국인 선원을 태워야 했는데 영후의 성품상, 말이 통하지 않는 외국인 선원들을 모질게 다루지 못해 자꾸만 자질구레한 사고가 발생했다.

영후가 예전처럼 돈을 벌어 오지 못하자 정옥은 애들의 초등학교 입학과 동시에 연로한 친정 부모의 횟집을 이어 받아 '현산어보'라는 간판을 달았다.

정옥은 여객선 터미널 주변의 횟집처럼 뜨내기 관광객에게 바가지를 씌우는 영업을 하지 않기로 마음먹었다.

정옥은, 주변 선구점, 선원용품점, 선박 수리점 등의 사장과 기술자, 시내에 거주하는 공무원과 상인 등 주민들의 결혼식, 장례식에 청첩이나 부고를 받지 않았어도 축의금과 조의금을 보내고, 칠순이나 돌잔치 등의 집안 대소사에도 선물을 보냈다. 특히 가게에 어린이를 데리고 오면 계산 후 지폐 한 장을 쥐어 주는 것을 잊지 않았다. 영업을 위한 얄팍한 상술이 아닌, 진심을 다한 고객 관리에 정옥의 횟집은 재방문에 이어 단골이 되는 고객들로 일대에서 가장 장사가 잘되는 가게가 되었다.

안강망 어선에서 내린 영후는, 낚싯배를 사기로 마음먹고, 정옥을 설득했다.

"바가지 같은 배 뒤에 앉아 옆구리에 키다리를 끼고 선외기를 조종하는 배는 배가 아니야. 조타실에 타륜이 있고, 기관실과 선실이 있어야 배라고 할 수 있어. 바다에서 잠을 잘 수도 있고, 현산도까지 시아바다와 흑산바다를 건널 수 있는 크기는 되어야 장영후, 장 선장이 재미를 내어 부리지 않겠어."

영후는 융자에 빚까지 얹어 야무진 새 배를 지어 '현산호'라 뱃머리에 새겼다.

낚싯배치고는 넉넉한 크기에 어지간한 바람에도 출조가 가능한 현산호는, 서울의 낚싯배 알선을 미끼로 낚시용품을 파는 점주들의 필요 조건에 맞았다. 더구나 노련한 선장이 낚시 포인트를 정확하게 잡아줘 허탕이 없다는 소문이 나 낚싯배 현산호에 예약이 줄을 섰다.

빚을 갚고, 융자금을 분할 상환하는데 어려움이 없게

된 장 선장은 신바람을 내어 낚시꾼들이 잡은 고기를 배에서 현금 직구하고 자신이 잡은 고기도 보태 아내의 횟집 수족관에 넣어 주었다.

선장 남편이 직접 잡아 오는 다양한 어종의 자연산 활어가 있다는 소문이 나서 '현산어보'는 오래지 않아 이층이 있는 큰 가게로 확장 이전 했다.

유라는 다행히도 아버지 정호현의 건강을 물려받아 병치레를 하지 않았고, 바윗돌 같은 정빈도 감기 한 번 걸리지 않아 영후 부부를 기쁘게 했다.

정옥은 유라와 정빈이 방과 후 시간에 방황하지 않도록, 여느 아이들처럼 교문 앞 보습 학원에 가방을 놓고 유라는 피아노 학원을 정빈은 태권도 도장을 다니도록 했다.

며칠 되지 않아, 정옥은 피아노 학원 원장과 태권도 사범의 전화를 받았다.

유라의 목소리가 좋아 노래를 시켜 보니 제법 잘해서 일주일에 한번 씩 학원에 와서 성악 레슨을 하는 대학 동창 소프라노 가수의 지도를 받으면 좋겠단다. 물론 추가 교습비가 있었다.

태권도 사범의 전화는 정옥을 긴장시켰다.

정빈이 품새는커녕 기본예절을 배우기도 전에, 유아기 때부터 몇 년간 태권도를 배워 대회에 입상까지 해 고수라고 으스대는 아이를 대련을 빙자해 구타를 했다는 것이다.

사범과 정옥은 피해 아동의 부모에게 백배 사죄하고 다시는 그런 짓을 하지 못하도록 정빈을 단속했으나. 소용없었다.

사범은,

"세상에 이렇게 운동신경이 뛰어나고 힘이 장사에 맷집이 좋은 아이는 처음 봤습니다. 선수로 키우면 대성하겠습니다"

하며 정빈을 눈여겨봤으나, 정빈과 대련을 하려는 아이들이 없었고, 사범의 눈을 피해 상급생들에게 도전해 묵사발을 만들어 도장을 그만 두게 하는 정빈을 오래 품고 있을 수 없었다.

태권도 도장에서 쫓겨 난 정빈은 초등학교 내내 택견, 합기도, 복싱, 심지어는 격투기 도장까지 전전하며 도장 깨기에 나서 결국에는 그 동네에서는 갈 곳이 없게 되었다.

유라 또한 노래를 잘 부르고 피아노를 곧잘 친다는 칭찬을 받았지만, 바이엘을 마치자 반복을 되풀이 하는 피아노 치기에 흥미를 잃었고, 이상한 소리를 내게 하는 발성 교습도 좋아하지 않아 음악 학원을 그만 두려고 했다. 원장은 학원비를 잘 내는 원생을 놓치기 싫어 유라에게 여러 가지 악기를 연주 시켜 보았는데 폐활량이 큰 유라가 오카리나와 팬 플루트 같은 관악기에 큰 흥미를 느끼는 것을 알아챘다. 원장은 피아노와 성악 교습을 중단하고 오카리나 교사를 불렀다.

유라가 다니는 미술학원도 마찬가지였다.

밑그림을 따라 색칠하거나, 석고 데생, 명화 모사 등의 학습 과정에 전혀 따르지 않고 혼자서 마음대로 눈에 보이는 것을 뒤죽박죽 그려 유명한 화가라는 미술학원 원장도 종국에는 지도를 포기하고 학원비를 받기위해 유라를 간섭하지 않고 방치했다.

유라와 정빈은 누가 가르치지도 않았는데 수영을 아주 잘했다. 둘은 여느 바닷가 아이들처럼 자연스럽게 바다를 놀이터 삼아 헤엄을 치며 놀았다.

장 선장은 유라의 헤엄을 보고 아내에게 말했다.

"대대로 현산도의 아내들은 해녀가 된다더니, 피는 못 속이나 봐. 유라 잠수하는 거 봐. 제대로 헤엄을 치도록 수영 선생 붙여줘야겠다."

장 선장은 수영장에서 하는 민물 수영은 수영이 아니라며 비웃곤 했는데, 유라와 정빈에게도 수영장 교습이 아니라, 그물을 끌고 섬 사이를 건너는 뱃동서와 은퇴한 대상군 해녀를 불러 바다에서 수영을 가르쳤다.

유라와 정빈은 영후부부의 자랑이요, 자존심이며 삶의 목적이었다.

유라는 어머니 은아가 남긴 책을 한글을 깨치지 마자 읽기 시작했고. 자연스럽게 영화와 음악을 사랑했고, 정빈도 영향을 받아 점차 정서적으로 안정이 되었다.

영후 부부는 해마다 애들을 데리고 현산도에 가서 호현과 은아의 제사를 지냈다.

제사를 지내고 음복을 하며 영후는 호현과의 추억, 호현의 고귀한 품성을 회고했고, 정옥은 애들에게 유라의 생모 은아가 얼마나 아름다운 사람이었는지 은아의 주민등록 사진과 자신과 함께 찍은 사진, 결혼식 사진 등을 보여 주며 말하곤 했다.

"은아는 이 세상에 와서는 안 될 천사였어."

애들은 무럭무럭 자라고, 횟집도 장사가 잘되고, 영후도 나름 지방의원 출마를 권유받을 정도로 선창가에서 존경을 받는 멋진 중년 사나이가 되어 더 이상 좋을 수가 없을 수 없을 정도로 평화롭고 은혜로운 세월이었다.

하지만, 그 평화는 오래가지 못했다.

유라와 정빈의 초등학교 졸업식 날. 온 얼굴에 주름이 지고 허리가 굽은, 추하게 늙은 점용의 어머니가 영지를 데리고 나타났다.

"명산도에는 중학교가 없어서 어차피 육지 중학교에 보내야 해. 나도 늙어서 더 이상 갯벌에 나가 돈을 주워 올 수도 없다. 그러니 니들이 영지를 맡아라! 진즉부터 니들이 키워야 하는 애를 내가 지금까지 맡아 준 것만도 고맙게 생각하고 교육청에서 나오는 영지 육지 취학 보조금은 나한테 보내."

당초 영지를 데리고 있었던 것도, 영세 가정 보조금, 손녀 양육비, 각종 단체 성금, 무인도가 되는 것을 막기 위한 지자체의 특별 지원금 등등을 받기 위해서였다.

이제,

섬에 없는 상급 학교를 육지로 진학하게 되면 지급되는 생활비와 학업 보조금까지 달라는 것이었다.

그에 더하여, 점용 어머니는 영지에게,

"기죽지 마라. 이것들이 지금 가지고 있는 거 전부 네 아버지 목숨 값이다. 그러니까 네가 이 집 주인이다. 기 죽지 말고 당당하게 살아라."

단단히 이르고 떠났다.

하지만, 점용의 어머니는 보조금을 몇 개월도 받지 못 하고 죽었다.

점용의 어머니가 사망하자 현지 실사를 나온 교육청과 군청 직원이 영지의 각종 보조금 지급을 중단하며, 선거 나 지자체 유지를 위한 허위 주민으로 고발당할 수도, 주 민등록이 말소 될 수도 있다며 실거주지로 주민등록을 이전하라 권고했다.

영지가 무슨 죄랴 싶은 영후와 정옥은 영지를 주민등

록상 동거인으로 받아들여 유라와 차별하지 않고 키우려고 했지만, '예쁨도, 미움도 제게서 난다.'는 속담이 그르지 않아 영지는 첫날부터 당당하고 뻔뻔하게 용돈을 요구해 군것질부터 시작했다.

저녁밥도 혼자서 라면을 두 개 끓여 먹고 바로 잠을 자 다음 날 아침, 그렇지 않아도 밉상인 얼굴이 통통 부어오르기를 반복해 정빈은 아버지를 찾아가 말했다.

"영지를 꼭 데리고 있어야 해요?"

"그렇다. 영지도, 유라와 똑같이 네가 보살펴야 할 동생이다. 우리가 보살피지 않으면 영지가 어디서 산단 말이냐. 두 말 하지 마라. 다 큰 아이니까 스스로 밥 먹고 옷 입고 학교 다닐 테니까 그냥 저 하는 대로 간섭하지 말고, 마음 쓰지 않으면 너에게 짐이 되지 않을 것이다."

하지만, 그것은 영후의 바람일 뿐이었다.

영지는 지능이 평균보다 훨씬 높은 영리한 아이였다. 하지만, 그 영리를 학과 공부에 쓰지 않고 '영악'에 사용했다.

특히, 유라를 보는 눈짓에 독기와 질투가 들어있고, 비교되는 것이 싫은지 가능한 유라와 함께 있지 않으려고 했다.

 밥도 함께 먹지 않았고 등하교 시간도 달리하고 같은 친구를 사귀지도 않았다.

 그리고 유라와 호현의 물건 중에 좋아 보이는 것은 말도 하지 않고 무조건 가져가 보란 듯이 사용하면서 본디부터 자기 것이라고 우겨댔다. 영지는 눈동자도 움직이지 않고 순간에 지어낸 거짓말을 사실로 믿는, 거짓말 탐지기가 울고 갈 타고난 거짓말쟁이였다.

 그나마 체형이 크게 달라 유라의 옷을 가져가지 않고, 독서와 그림에 흥미가 없어 유라의 방에 들어가지 않는 것이 다행이었다.

 호현도 처음에는 영지가 몹시 불쾌하고 싫었지만, 관심을 끄고 마음을 접고 서로 부딪치지 않으니 견딜 만했다.

 유라는 정옥에게 엄마라고 불렀지만, 영지는 아줌마라 부르며 횟집으로 찾아가 손님들이 있든 없든 용돈을 더 달라고, 유라 보다 더 좋은 옷과 신발을 사달라고 당당하게 요구했다.

 그 사실을 알게 된 유라는 스스로 싸구려 신발과 편한

옷을 선창가 노점에서 사 신고 입었다.

영지는 군것질과 선물로 친구를 만들어 대장 노릇을 했다. 당연히 친구 관계 유지비용이 무한대였다. 유라와 영후의 주머니를 뒤져 용돈을 훔쳐 가더니 결국에는 횟집 금전 출납기에도 손을 댔다.

중학 3학년 어느 날, 영지는 횟집에 손님이 많아 정옥이 바쁜 틈을 타서 금전 출납기를 털다가 영후를 생명의 은인으로 따르는 예전 현산호 어부 김영만에게 딱 걸리고 말았다.

"네 이년! 이 도둑년! 전에도 몇 번 봤지만, 정옥 형수님 걱정 끼치지 않으려고 못 본 척 했다마는, 이대로 두면 더 큰 도둑이 될 것 같아 안 되겠다! 네 이년! 경찰서로 가자."

순간, 영지가 눈을 치뜨고 소리쳤다.

"니가 뭔데 지랄이야! 이 횟집 내 것이고, 이 돈도 내 것이야! 전부 내 아버지 목숨 값이라고!"

"뭐라고! 점용이 목숨 값이라고! 이게 미쳤냐! 니 애비 점용이, 그 새끼! 기관장이라는 새끼가 술 쳐 먹고 엔진을 꺼트려 배를 침몰시켰다. 그 바람에 유라 아빠도 죽고 나도 죽을 뻔 한 걸 영후 형님이 살려 줬다!"

큰 소리를 듣고 주방에서 황급히 달려 나온 정옥에게 영만이 계속해서 소리 쳤다.

"형수님! 이런 독사새끼를 왜 키웁니까. 당장 내치세요! 더 큰일 내기 전에요. 이년 악이 가득 찬 눈을 보세요. 살모사가 보이네요!"

"애에게 무슨 말씀을 그렇게 험하게 하세요. 영지야. 너도 어른에게 무슨 말버릇이냐. 당장 잘못했다. 사과하고 집에 가거라."

"사과요? 내 돈 내가 가져가는데 무슨 사과요? 홍!"

영지가 횟집 문을 부서져라 닫고 나가자. 영만이 가슴을 치다가 소주를 물 컵에 따라 벌컥벌컥 마셨다.

"정말 피는 못 속이고 사람은 생긴 대로 산다더니! 형수님, 정말 어쩌시려고 저런 것을 거두십니까!"

"걱정 마세요. 딱 고등학교 졸업까지만 거둘 겁니다. 영지뿐 아니라 유라와 정빈이에게도 진즉부터 못을 박아 두었어요. 고등학교 까지라고요. 그 후 번 돈은 모아서 현산도로 은퇴하자고 형님과 벌써 약속했어요."

그날 저녁.

령자와 김영만, 이성주의 술자리에 장 선장이 합석했다. 술자리의 분위기가 밝지 않아 장 선장이 령자에게 물었다.

"무슨 일 있으셔요?"

령자가 우울하게 대답했다.

"이 녀석들, 현산호 침몰 후 내 손 놓고 이 배 저 배로 떠 돈 지 10년이 다 되어 가는데, 모은 돈이 한 푼도 없다는 거야. 모두 술과 계집질로 날리고 허구한 날 선불 가불로 외상배 타는 한심한 파치 인생이 되고 말았어! 그래서 좀 꾸짖고 있었어."

령자를 장 선장의 선친이 아낀 이유 중 하나는 술을 절제하고 돈을 모아 일찍 가정을 꾸려 큰아들을 법과대학에 진학시켜 변호사로 키운 입지전적인 인물이었기 때문이었다. 령자는 어부들 사이의 전설이었다.

령자와 영후를 형님으로, 깍듯이 모시는 김영만과 이성주는 본디 심성이 여리고 착한 사람들이었다. 특히 영후를 생명의 은인으로 신처럼 우러렀다.

영만과 성주도 한숨을 푹 내쉬며 푸념했다.

"나이 먹어 갈수록 뱃일 이겨 내기가 힘들고, 고기도 예전처럼 잡히지 않아 돈도 되지 않지만, 배운 것이 줄 당기는 것 뿐 이라 배 아니면 갈 곳이 없구만요."

"젊은 날에 배에 발을 올린 것이 실수였어요. 배만 타면 먹는 것, 입는 것, 자는 것이 모두 해결되니 가진 것 다 털어 마시고, 선불까지 당겨 계집질하고도 배만 타면, 육지는 흉년에 배를 곯아도 쌀밥에 고깃국이었으니까요."

두 뱃동서 아우의 이야기를 듣고 고개를 끄덕이던 장 선장이 령자에게 물었다.

"형님도, 올해 회갑이신데, 이제 남의 배 그만 타실 때가 되셨지요?"

"그러기는 하다만, 나도 배운 게 줄 당기는 것 뿐 인데다 평생 바다를 끼고 살아 바다를 떠날 수가 없어."

"그래서 오늘 제가 합석을 했습니다. 령자 형님과 영만이 성주 모두 제가 피붙이이 보다 더 아끼고 믿고 서로 목숨도 주고받을 수 있는 평생 동지 아닙니까. 그래서…"

술을 한 잔 자작해서 한 모금을 꿀꺽 넘긴 장 선장이 말을 이었다.

"제가 현산호를 내 놓을게요."

령자가 물었다.

"그게 무슨 말이야?"

"제 배 현산호를 드릴테니까 령자 형님이 선장 겸 선주로 영만이와 성주 데리고 다니며 사람 만드세요."

"정말이냐! 배 나이 열 살이면 아직 새 배와 다름없고 현산호는 튼튼하게 잘 지어진 배로 소문이 나서 누구라도 수억 맞돈 들고 덤빌 텐데!"

"융자나 담보 걸린 것도 없고, 단골도 많으니까 잘 부리면, 남의 배 타는 것보다 몇 배는 더 벌 수 있을 겁니다."

"그건 내가 더 잘 알지."

"그냥 주는 건 아닙니다. 조심히 잘 부려서 돈 많이 벌어 령자 형님은 노후 대책하시고, 영만이와 성주는 살림집 사서 과부 장가라도 간 후 내가 육지 생활 접고 현산도로 은퇴할 때 돌려주면 됩니다."

령자가 눈을 감고 잠시 생각하다가 말을 했다.

"장 선장이 그렇게 마음먹었다면 내가 맡아 이 녀석들 살림 잡아 주마. 그 도중에라도 언제든지 달라고 하면 돌려 줄게. 그런데 왜 갑자기 그런 결심을 했냐?"

"오늘 영지 하는 짓 보고 뒤통수를 맞은 것처럼 크게 깨달은 게 있어서요. 질풍노도 사춘기 아이가 셋이나 있는데, 내가 지금 무슨 짓을 하고 있는지, 정신이 번쩍 들더라고요. 지금이야말로 얘들에게 아빠가 필요한 시기가 아니겠습니까. 그래서 애들 곁에 있으면서 빗나가지 않도록 잡아 줘야겠다고 결심한 겁니다. 딱히 그 이유뿐만 아닙니다. 현산어보 장사가 커져 돈 벌었다 소문이 나서 여기저기서 손 벌리는 양아치들이 많고, 손님이 늘고 매상이 오르는 만큼 술 쳐 먹고 깽판 치는 놈들도 늘어나 마누라 혼자 너무 고생이 많아서요. 나한테 시집와 하루도 편히 살지 못하고 남자 해야 할 일까지 다해 골병이 든 마누라, 더 늦기 전에 이제라도 도와주려고요."

"알았다. 바다일은 아무도 알 수가 없으니까 현산호를 세 사람 공동 소유로 등록하마. 그래야 무슨 일이 생기면 선주인 우리가 책임을 질 거 아냐. 장 선장이 배 주고도 사고 날 때 책임까지 질 수는 없지. 또 영만이와 성주도 자기 배라는 책임감으로 열심히, 조심히 일하겠지."

"령자 형님이 제 속을 꿰뚫어 보셨네요. 내일 곧바로 명의 이전 합시다. 배 가져가서 셋이 짜고 팔아먹어도 원망하지 않겠습니다."

영지는 그날 이후 가게에서 돈을 훔치지 않았다. 장 선장이 버티고 있기도 하고, 카드 사용이 폭발적으로 늘어나면서 현금 출납기에 현금이 거의 들어 있지 않아 손대 보았자 잔돈푼인 이유도 있었다.

배에서 내린 영후는 좋은 옷을 입고 턱까지 흘러내린 굴레 수염을 일부러 거칠게 다듬고, 장미 뿌리로 만든, 담배 파이프 속에 연기에서 초콜릿 향기가 나는 살담배를 담아 피웠다.

본디 팔뚝이 다른 사람의 허벅지 굵기에, 떡 벌어진 가슴, 큰 키, 커다란 머리를 가진 영후가 현산어보의 계산대에 앉자, 가게가 가득 차는 느낌이었다.

장 선장은 본디 3대 토박이 어부로서 선창가에서 뜨내기 장사꾼이나 관광객 외에는 모르는 사람이 없었지만, 그에 더하여 선주, 선장, 자신의 배에 한 조금이라도 함께 탔던 어부들의 애경사와 가정 대소사를 빠짐없이 챙기고, 술 고프고 배고픈 이들을 외면하지 않는 '의리의 사나이'로서, 지방의원을 넘어서 그 너머까지 가자는, 정치권의 부름까지 받을 만큼 자리를 잡았다.

정옥도 남편이 배에서 내려 가게와 가정을 보살피자,

틈을 내어 안집을 자주 들여다보고, 애들을 단속했다.

일주일에 한 두 번은 횟집에서 먹을 수 없는 삼겹살을 구워주며 애들과 대화를 하려고 했지만, 영지는 남이야 먹든 말든 고기가 구워지는 대로 혼자 날름날름 집어 먹다가 제 배가 부르면 벌떡 일어나 방으로 들어가 문을 닫아버리곤 했다.

반면에 유라와 정빈은 엄마와의 시간을 매우 좋아했다.

"학교가 끝나고 집에 오면, 엄마가 반겨 줘야 하는데. 그러지 못해서 너희들에게 항상 미안했어."

"무슨 말씀이셔요. 어머니의 고생으로 우리가 이렇게 좋은 집에서 좋은 음식, 좋은 옷 입고 잘 사는데요!"

"유라와 정빈아. 의식주가 호화롭다고 해서 잘 사는 것은 아냐. 엄마는 가게에서 하루에도 수 십 명을 겪으며 살다 보니 손님들 얼굴만 봐도 어떤 마음으로 사는 사람인지 한 눈에 느끼게 되었어. 언제나 최고로 비싸고 큰 활어만 잡는 큰 단골 있어. 예쁘기도 하고 옷도 잘 입은 아가씨인데 올 때마다 나이든 남자들을 바꿔 데리고 와. 엄마는 첫 눈에 아가씨의 얼굴에 쓰인 마음을 읽었어. 그래서 큰 손님이지만 반갑지 않아. 시내 룸 사롱 접대부인데 돈만 주면 2차 가는 매춘부라고 수군거리는 다른 손님들의 비웃는 말을 자주 듣기도 하는데… 그건 그 아가씨가 택한 삶이니까 그러려니 하지만, 말과 행동까지 직업을 고스란히 내 보여서 엄마 마음이 씁쓸할 때가 많지. 하지만, 늙으신 어머님께서 회를 잘 드신다며 가끔씩 모시고 오는 어판장 하역 인부 아저씨는 대환영이야. 돈이 많지 않아 값싼 양식 생선 밖에 사지 못한다며 어머니와 나에게 미안해하는 그 아저씨의 얼굴에는 선함이 쓰여 있어. 그래서 향수 냄새 풍기는 아가씨 보다 생선 비린내 나는 그 아저씨에게는 서비스로 좋은 곁들임을 무제한으로 차려 드리곤 해."

"엄마가 무슨 뜻으로 저희에게 이 말씀을 하시는지 잘 알겠습니다."

"유라는 화가니까 아름다움을 보는 마음을 가득 채우면, 얼굴에 기품이 서려 아무도 함부로 하지 못할거야. 정빈이 너는 주먹질로 남을 이기려는 마음 보다 약한 친구를 도우려는 마음을 품어야 네 얼굴 보고 친구들이 무서워 도망가지 않는다. 사람에게는 두 개의 얼굴이 있어. 피부 얼굴과 마음 얼굴인데, 어느 얼굴로 살아가야 할지는 너희들의 선택이야."

세 아이들도, 영후가 학교 운영위원이 되고 학부모 대

표가 되자 자부심과 함께 학칙을 어길 수 없는 모범생이
되었다.

그렇게, 아이들이 사춘기를 넘기나 싶었는데, 정작 큰
일은 따로 있었다.

고등학교에 진학하자 영지가 정빈에게서 사내 냄새를
맡기 시작한 것이다.

질겁한 정빈이 아버지에게 도움을 청했다.

"아빠! 어제 밤에 영지가 내 방으로 들어왔어요! 팬티
까지 벗고요!"

"뭐? 그래서 어떻게 했냐?"

"너무나도 끔찍해 냅다 거실로 밀어내고 문을 잠갔는
데, 놀란 가슴이 진정되지 않아 아침까지 한 숨도 자지
못 했어요."

"너, 솔직히 말해라. 영지 건드렸냐?"

"무슨 말씀을 하세요. 영지를 보면 고추가 서기는커녕
사지가 벌벌 떨리는데요!"

"정빈아. 아빠가 늘 너에게 세상에 공짜는 없다고 말했
지?"

"네. 그런데 갑자기 왜 그 말씀을?"

"여자도 마찬가지야. 세상의 많은 남자들이 여자를 공

짜로 건드리다가 패가망신하고 더러는 감옥에 간다. 너 영지 건드리면 네 꿈인 외항선 선장은커녕 네 인생 망치게 된다."

"저도 그 정도는 알고 있어요."

"정빈아! 여자는 마음을 사서 스스로 육체의 문을 열도록 해야 한다. 사내로서 돈으로 여자의 육체를 사는 것처럼 비천한 쓰레기 짓이 없다는 사실을 명심해라. 아들! 네 스스로를 쓰레기로 만들지 마라! 정빈아. 사내는 가오かお와 의리로 살아야 한다."

"가오요?"

"그래, 얼굴이라는 일본 말이지만, 그 속에는 낯짝이 아닌 품격이라는 뜻이 들어 있다. 즉, 비굴하지 말라는 뜻이다."

"네. 그래서 사람들이 돈이 없지 가오가 없냐? 라는 말을 하는 거네요. 그럼 의리는요?"

"의리는 자신과 상대에 대한 약속과 존경과 자부심이라는 말이다. 아빠는 평생, 비굴하지 않았고, 한 번 뱉은 말에 책임을 졌으며 친구들에게 자랑이 될 수 있는 사람이 되려고 노력했다. 의리가 없는 사내는 진실한 친구를 얻을 수도 없고, 진실한 친구가 될 수도 없는, 존재가

치가 없는 삶을 살게 된단다. 정빈아, 자신의 가치는 스스로 만들어야 한다. 저녁마다 남자와 성관계를 하면서 돈을 벌었다고 웃는 여자가 있는가하면 평생 단 한 번의 관계를 치욕으로 생각하는 여자도 있다. 네가 어떤 사람이 되느냐는 네 가슴 속에 품은 가치관에 달린 것이다."

"네. 저도 아빠가 유라를 저보다 더 아끼시고, 아빠를 믿고 의지하는 어부들에게 현산호를 사탕 주듯 주시는 것을 보고 자랐습니다. 저는 그 누구에게도 당당하신 아빠가 정말로 자랑스럽습니다. 걱정하지 마세요. 영지가 하는 짓도, 저보다도 유라가 걱정이 되어 아빠에게 말씀드리는 겁니다. 영지가 오늘 아침에 저와 유라에게 뭐라고 한 줄 아세요?"

"뭐라고 했는데?"

"정빈이 너는 내 것이야. 유라 이년과 붙어먹기만 하면 유라 성기에 다이너마이트를 박고 불을 붙인다고 했다고요!"

"그래서 뭐라고 대답했냐?"

"유라 털끝하나라도 건드리면 내가 니 목을 부러트린다고 했어요. 이제 불안해서 영지랑 한 집에서 못 살겠어요."

영후는 잠시 생각을 하더니 아들에게 물었다.

"너, 유라 좋아하냐?"

영후가 깜짝 놀라면서 손을 내저었다.

"아뇨! 절대로요. 유라는 저보다 훨씬 더 훌륭한 사람과 결혼해야죠! 그리고… 유라는 너무 차가워 제가 비집고 들어갈 틈이 없어요."

"그럼 영지에게 그대로 말해라. 영지를 다스릴 사람은 너밖에 없다. 사내자식이 계집애 하나도 못 다룬다면 어디다 쓰겠냐."

하루 종일 곰곰이 생각에 생각을 거듭한 정빈은 저녁에 유라와 영지를 불러 앉혀 놓고 말했다.

"둘 다 잘 들어. 나는 니들을 여자로 생각한 적이 없어. 니들 봐도 가슴이 뛰지 않고 고추가 서지 않는데 어떻게 섹스를 하겠냐?"

영지가 발끈했다.

"거짓말 치지 마! 네 방 휴지통에 네가 딸딸이 쳐서 사정한 휴지 여러 번 봤어. 몽정해서 누렇게 변색한 네 팬티도 봤거든!"

"그래, 나도 건강하니까 친구들처럼, 자위도 하고 몽정

현산어보

도 해. 하지만. 내가 자위하면서 생각하는 여자는 너희들이 아니고, 꿈에 나타나는 여자도 너희들이 아니야."

"거짓말 치지 마, 친구들 말들어 보면 남자들은 옷 벗고 달려 들면 다 선다더라."

"그래 벌써 딱지 뗐다고 자랑하는 녀석도 있고, 하숙집 아줌마랑 매일 한다는 놈도 있어. 하지만, 나는 아니야."

"웃기네. 섬에서 올라와 자취하는 내 친구는 고딩끼리 동거하고 있어! 그 새끼도 첨에는 안 섰는데 친구가 빨아 주니까 섰다더라!"

정빈은 뱃속에서 욕지기가 일어나 더 이상 이야기를 하고 싶지 않아 결론을 내렸다.

"영지야. 잘 들어, 너를 보고 내 고추가 서면 니가 안한다고 해도 내가 너 따먹을게. 그러니까 니는 내 고추가 너를 보고 서도록 네 몸과 마음을 가꾸어라. 너 거울을 봐 봐. 내가 아니라도 누가 너를 보고 고추가 서겠냐!"

정빈의 말에 충격을 받은 듯 영지는 대꾸를 하지 않고 멍하니 앉아 있다가 제방으로 들어가 버렸다.

그날 이후, 영지는 얼굴에 떡칠 화장을 하고, 말투에

코맹맹이 비음을 섞고, 현산어보에 가서 반찬을 가져와 저녁을 차리기도 했다.

그리고는…

몸에 착 달라붙어 성기의 굴곡까지 적나라하게 보이는 레깅스를 입고 거실에 천장을 쳐다보며 똑바로 누워 무릎을 세운 다음 엉덩이를 위로 들어 올리는 운동을 시도 때도 없이 하기 시작했다.

그 꼴이 좋아 보이지 않아 정빈이 한 마디 했다.

"요가를 하려면 좀 멋진 포즈를 잡아라. 꼴 사납게 그게 뭐냐?"

"나 좋으라고 하는 게 아니라 너 좋으라고 하는 거야."

"그게 무슨 소리냐?"

"나중에 니가 나랑 섹스하면 알게 될거야."

"이게 어디서 이상한 짓만 배워가지고!"

"이상한 짓? 내 친구들도 다 이 운동한다고! 무식하기는! 정빈아. 이거 아놀드 케겔이라는 의학박사가 발명한 건강 체조야! 너도 이 운동 하면 여자들 다 홍콩 보내는 변강쇠가 될거야. 내 방 문 안 잠글 테니까 언제든지 와. 너 홍콩 보내줄게."

정빈의 고민은 여자 문제가 아니었다. 정빈은 유라에게 고민을 털어 놓았다.

"유라야. 나 실은 대학에 합격할 자신이 없어. 진학 지도 선생님이 현재 실력으로는 어림없다고 학교 기숙사에 들어와 죽기 살기로 공부하라고 하는데 영지가 너 해코지 할 까봐 못 들어가겠어."

"실은 나도 내가 원하는 대학에는 간당간당해. 그래서 학교 기숙사에 들어가겠다고 엄마에게 벌써 말씀 드렸어. 평일에는 밤낮없이 학과 공부하고, 주말에는 석고데생이랑 회화 실기 집중 과외 받기로 했어. 그러니까 영지 만날 일 없을 거야."

1년 후.

유라는 대한민국 최고의 미술대학에 학비와 기숙사 비를 전액 면제 받는 장학생으로 합격했고. 정빈도 학비와 기숙사비는 물론 피복비까지 국비 지원인 국립해양대학에 합격했다.

애시 당초 고입 때부터 대학을 포기한 영지는 줄만 서면 갈 수 있는 지방대학 미달학과도 지원하지 않았다.

정빈이 대학 합격증을 자랑스럽게 보여주자 영지는,

"대학 졸업장은 물론 석사, 박사도 돈만 있으면 얼마든지 사는데 팔자에 없는 억지 공부는 유라나 정빈이 너같이 꿈이 작은 조무래기들이나 하는 거야."
하며 비웃었었다.

유라와 정빈, 영지의 고등 졸업 파티를 하는 현산어보에 영지의 엄마 성민정이 나타났다.

본디 곱지 않은 얼굴이 나이보다 더 늙어 보여, 편치 않은 특유의 눈짓이 아니었다면 정옥은 민정을 못 알아볼 뻔 했다. 영지는 아예 엄마에 대한 기억이 없는 듯 닭이 소를 보듯 했다.

애들 눈도 있고, 또 선창가 거친 동네에서 살림을 이룬, 산전수전 다 겪은 정옥답게 민정을 웃는 낯으로 맞았다.
"언니! 세상에나! 몇 년 만이에요?"
"15년 쯤 되었을 거야."
"어서 와서 이쪽으로 앉으셔요. 마침 애들 졸업 파티를 하는 중이거든요. 정말 때를 잘 맞춰 왔네요!"
"엊그제 와서 멀리서 지켜보다가 오늘 영지가 가게에 오는 것을 보고 왔어."
"그냥 오는 길로 바로 들어오지 그랬어요."

"아니, 너한테 면목이 없었어. 영지 키워줘서 고마워. 이제 내가 데려갈게."

15년 만에 만난 엄마를 보고도 인사를 하지 않고 멀뚱히 보고 있던 영지가 말을 쏘았다.

"누가 당신 따라간다고 했어요?"

"그럼 언제까지나 장 선장네 신세지고 살 거냐?"

"고등학교 졸업했으니까 내 맘대로 살 거예요. 지금까지처럼 내 인생 내버려 두라고요!"

"매달 네 생활비 주고, 네 인생에는 간섭하지 않으마."

"정말요? 얼마씩 줄 건데요?"

민정이 숄더백에서 5만 원 권 백장 묶음 한 다발을 꺼내 딸에게 주며 말했다.

"매달 한 뭉치 씩 주마. 서울 가면 집도 있고 외제차도 있다. 그것도 다 네 것이다."

돈뭉치를 받아 들고 입이 함지박만큼 벌어진 영지가,

"어, 엄마. 그 돈 다 어떻게 벌었어요? 사기 쳤어요? 도둑질했어요?"

"아니다. 나와 네 아빠가 일해서 번 돈이다."

"내 아빠라니요?"

성민정이 장 선장과 정옥을 번갈아 보다가 결심을 한 듯 말을 했다.

"엄마랑 함께 서울로 간 이중석씨가 네 친아빠다."

영지 대신 장 선장이 소리쳤다.

"뭐라고요!"

"죄송해요. 영지 생부에게 좋지 않은 일이 생겨서 갑자기 교도소에 수감되는 바람에 잠시 고향 동생인 점용이에게 의탁했었네요. 영지 아빠가 3년 살고 나와서 찾아왔길래, 마음도 잡고 형사들 눈도 피하라고 제가 현산호 타라고 강요했는데… 그날, 점용이한테 술을 가지고 가 영지가 자기 딸이라고 말해서 점용이가 술을 마구 마셨다고 하더라고요."

장 선장이 꽉 쥔 주먹을 부르르 떨면서 소리쳤다.

"당장, 애 데리고 가서 다시는 내 눈 앞에 나타나지 마시오!"

마침내, 영지가 떠났다.

정옥과 영후는 춤이라도 추고 싶었고, 유라와 정빈도 안도의 한숨을 내쉬었다.

대학을 다니는 동안 유라는 집에 거의 오지 않았다. 어쩌다 명절 때 와도 정빈이 실습선을 타고 나가 만날 수 없었다.

유라는 대학 생활 내내 야간과 주말에는 학교 앞 일식집 주방 아르바이트로 돈을 벌었다. 어려서부터 보고 자란 회 뜨는 솜씨가 일급 주방장 수준이었다. 따라서 유라는 식당 홀 서빙이나 편의점 야간 알바를 뛰는 대학 동기들 보다 몇 배의 시급을 받았다. 그렇게 돈을 모아 방학이면 배낭을 메고 해외여행을 떠나 전 세계 미술관을 섭렵했다.

특히, 러시아의 리얼리즘에 푹 빠져 상트페테르부르크에 한 달 씩 머무르며 아르미타주 미술관에 매일 출근하다시피 했다.

해외 미술관 순례 중에 여행경비가 바닥이 나도 유라는 당황하지 않고 길거리에 모자를 앞에 놓고 버스킹을 했다.

유라의 오카리나 연주와 노래는 프로급이어서 사람들은 발길을 멈추고, 주머니를 털어 모자를 채워 주었다.

정빈도 기숙사 생활에, 실습선 승선으로 집에 오는 날

이 없었다.

정옥과 영후는 마음 놓고 장사와 낚시에 전념해 노후 자금을 차곡차곡 쌓아 갔는데…

어느 날, 검찰 수사관이 현산어보에 몰려와 압수수색 영장을 제시했다.

<법률 제18964호. 마약류 관리에 관한 법률 위반으로 구속된 김영지의 주민등록상 주소지에 대한 압수 수색 을 강제한다.>

수사관들은 김영지가 떠난 지 2년이 되었으며, 그간 단 한 번도 온 적이 없다는 정옥의 항변은 아랑곳하지 않고 현산어보와 안 집까지 먼지 털 듯 뒤졌다. 물론 영 지와 관련된 그 어떤 물건도 나오지 않았다.

압수수색으로 자존심을 크게 상한 장 선장은 분노했다.
"살다, 살다 내 집이 털리다니!"
장 선장은 수사관들의 앞을 가로막고 도대체 무슨 영 문이냐고 물었다.
수사관 하나가, 수사 중인 사건에 대한 정보는 알려 줄

수 없다며,

"어제 신문과 뉴스에 보도 되었으니, 찾아보세요."

귀띔했다.

지겹도록 현산어보 출입문 앞에 던져 넣는 신문을 찾아보았다.

<서울 경찰청 마약 전담반은 강남 일대의 술집 종사원과 고객 등을 대상으로 수백 억 대의 히로뽕을 제조, 유통, 판매한 일가족 중 성모, 이모 모녀를 긴급 체포하고 달아난 부 이 모씨를 수배했다. 경찰은 마약류 관련 전과 7범인 아버지 이모씨가 제조를, 어머니 성모씨가 보관 및 유통, 딸 이모씨가 판매를 분담한, 가족 조직범죄로서 투약자를 수사 중이라고 밝혔다.>

작지 않은 지면의 보도였다.

그리고 3개월 후 후속 보도가 있었다.

<범행의 모의와 실행까지 함께한 공동 정범으로 모녀에게 공히 징역 5년이 선고 되었으나, 모친인 성모씨는 지병의 악화로 전문 병동으로 주거를 제한하는 형 집행

정지로 법정에서 병원으로, 딸 김모씨는 교도소로 수감되었다. 경찰은 주범인 제조책 이중석이 중국으로 밀입국 도주한 증거를 잡고 중국 공안과 인터폴에 수사 공조를 요청했다.>

성민정과 김영지는 단순 마약 투여 사범이 아닌 거액의 히로뽕을 보관 판매해 5년 이상의 형량을 못 박은 형법의 적용을 피할 수 없었던 것이다. 그나마 초범이라는 정상참작으로 법규정상 최하 형량을 선고 받은 모양이었다.

영후와 정옥은 혀를 끌끌 차면서도, 점용과의 의리, 영지를 키운 정을 생각해 병원과 교도소로 면회를 가서 영치금을 넣어 줄까도 생각하고, 친분이 있는 경찰관에게 자문한 결과 마약사범은 면회가 극도로 제한되어 만나기 어려울 뿐더러, 영치금 입금자나 면회자도 수사 대상으로 리스트에 등재 된다며 말렸다.

유라는 영후와 정옥에게 손을 벌리지 않고 자력으로 대학을 졸업했다. 재학 중 대학미전 대상에 이어 졸업과 동시에 미술대전 특선으로 어머니 은아의 평생소원이었던 화가가 되었다.

유라는 대학 졸업에 그치지 않고 대학원에 진학했다.

해양대학을 졸업한 정빈은 병역과 국비 장학금 의무 승선을 함께 해결하기 위해 부사관으로 해군에 입대해 3급 항해사로 구축함에 승선했다.

3년 후, 석사 학위를 취득한 유라가 목포로 내려왔다.

유라의 그림 소재는 그녀가 가장 많이 보면서 자랐고, 가장 잘 아는 어부의 삶이었다. 대학 미전과 미술대전 응모작도 '그물 당기는 어부'였다.

바다 속을 배경으로 그리기 위해, 유라는 난바다에서도 바다에 뛰어들곤 했는데, 어려서 해녀에게서 물질을 배운 유라는 바다 속에서도 여유만만, 그림의 배경을 찾아냈다.

생동감 있는 바다를 배경으로 살아있는 듯 일을 하는 어부의 그림은 평론가들의 감탄을 자아내기에 부족함이 없어 유라는 차세대 거목으로 주목을 받았다.

바다와 어부를 그리기 위해 귀향한 유라를 위해 정옥과 영후는 그간 모아둔 노후자금을 헐어 안집 두 채 중

하나는 유라의 생활공간으로, 하나는 화실로, 재건축 수
준의 리모델링을 해주었다.

때마침 정빈이 탄 구축함도 아덴만 해외 근무 교대 차
함대에 귀항해 정빈은 5년 만에 유라를 만나게 되었다.

4. 구상도

정빈은 첫눈에 유라를 알아보지 못하고 눈을 의심했다.

유라는 손바닥만큼 한 얼굴 속의 이목구비가 제자리를 찾아 어머니 은아를 능가하는 미인이 되어 있었다.

눈동자에 빛이 들어 있는 큰 눈, 콧날이 선명하게 바로 선 코, 도톰한 붉은 입술, 귓불이 뚜렷한 귀, 학처럼 긴 목, 큰 키를 더욱 크게 보이게 하는 긴 하체, 잘록한 허리 까지, 미인이 갖춰야 할 모든 미덕의 결정체가 바로 정유 라 그녀였다.

누가 보아도 깜짝 놀랄 만큼 미인이었지만, 그녀의 미 모는 경박한 예쁨이 아닌 중후한 잘생김이었다.

그에 더하여,

그녀의 몸을, 범접할 수 없는 당당함과 여유로움과 우 아함이 감싸고 있었다.

유라가 현산어보에 나타나자 령자를 선두로 김영만, 이성주는 물론, 정호현 선장을 기억하는 모든 어부들이 유라를 보기 위해 몰려와 단박에 손님이 가득 들어찼다.

그에 더하여 2급 항해사로 승급한 정빈이 육상 영외 근무를 신청해, 해군 친구들을 현산어보로 불렀다.

젊은 군인들은 유라를 보자 벌어진 입을 다물지 못했다.

특히, 구축함 전우로 정빈과 친구가 된 주영진이 유라를 보고 숨을 쉬지 못했다. 주영진은 어린 시절부터 해군을 동경해 해군사관학교를 가고자 했으나, 공부가 턱도 없이 부족해 부사관으로 지원입대해 정빈과 구축함에서 만난 것이었다.

주영진이 부대에 돌아가 유라 소문을 어찌나 냈는지, 수병, 부사관, 장교, 군무원까지 몰려와 현산어보는 매일 매상 기록을 경신했다.

일요일이면 유라는 선창가에 이젤을 세우고 회갑이 된 양아버지 장영후를 즐겨 그렸다.

어지간한 사람 허벅지 굵기의 어깨를 가진 우람한 체구의 장 선장은 굴레 수염에 장미 뿌리 파이프까지 물고 있어서 영화에서나 봄직한 해적선 선장 같은 모습이었다.

구상도

퉁방울 같은 눈, 두툼한 입술, 도드라진 광대뼈가 범접하기 어려운 카리스마를 내 뿜고 있는 특급 모델이었다.

그럴 때면 정빈은 유라에게는 아이스커피를, 아버지에게는 살얼음이 낀 시원한 막걸리를 한 주전자 가져가 브레이크를 걸곤 했다.

커피를 마시며 한 숨 돌리는 유라에게 정빈이 물었다.

"유라야. 늙은 어부들을 그린 네 그림은 정말 훌륭해. 어부의 인생과 바다가 들어 있거든. 하지만 누가 그런 그림을 집에 걸어 놓으려고 하겠냐. 가끔씩은 팔리는 그림을 그려서 생계를 유지할 수 있어야 전업 프로 화가가 될게 아냐? 남을 그릴 것도 없어. 네 자화상을 그리면 나부터 사겠다."

유라가 진지하게 대답했다.

"나도 자화상을 남기고 싶지만, 내 얼굴이 마음에 들지 않아 아직 그릴 수 없어."

"뭐라고! 정말이야? 네 얼굴이 맘에 안 든다고?"

"그래. 거울 볼 때 마다 아직 멀었다. 아직 멀었다. 혼자 말을 하곤 해. 특히 눈빛이 마음에 안 들어."

"너처럼 예쁜 여자가 어디 또 있다고! 그리고 네 눈처럼 총명하게 빛나는 눈이 또 어디 있다고!"

유라가 커피를 한 모금 마시고 정빈을 눈을 들여다보며 말했다.

"정빈아. 얼굴 피부의 평균 두께는 1밀리미터야. 나는 그 1밀리미터를 그리고 싶지 않아. 조선 후기 화가이며 문인이었던 공제 윤두서를 알아?"

"그건, 너 같은 미술 전공자들이나 알지, 나 같은 뱃사람이 어떻게 알겠어?"

"공제의 자화상이 국보 230호인데 그분은 자신의 자화상를 그리려고 스스로를 수양하여 자신의 얼굴에 인품과 사상이 표출 될 때까지 기다렸다고 해. 그래서 윤두서의 자화상에는 동서고금의 그 어떤 초상화에서도 볼 수 없는 '정신'이 그려져 있어. 나는 공제의 자화상이 동서고금의 모든 인물화 중에서 으뜸이라고 생각해. 정빈아. '얼굴은 마음의 초상, 눈은 그 마음의 밀고자이다. The face is the portrait of the mind; the eyes, its informers.'라는 수 천년된 라틴 속담이 있어. 사람은 나이를 먹을수록 얼굴에 삶이 쓰이고 눈에 정신이 들어가는 거야."

"네 얼굴에는 지금도 너의 바른 마음이 쓰여 있고 네

구상도

눈동자에는 너의 착한 마음이 들어있어."

"아니! 전혀 그렇지 않아. 내 마음은 바르지도 않고 친절하지도 않고, 지혜도 없고, 철학도 없어. 그래서 지금 내 얼굴에서 보이는 것은 피부 1밀리미터뿐이야."

"너 그러다가는 평생 네 맘에 드는 그림 못 그리겠구나. 저번에 그린 아버지도 내 눈에는 명작인데 너는 찢어 버렸잖아."

"레오나르도 다빈치가 그랬어. 화가에게 있어서 최악의 일은, 자신의 작품이 좋아 보이는 것이라고."

"나는 네가 힘들게 그린 그림을 찢어 버리고 또 그리고 또 다시 그리는 것을 보고, 화가가 화물선에서 짐을 내리는 막노동 일용직보다 더 힘든 노동자라는 사실을 알았어. 유라, 넌 이토록 힘든 일을 어떻게 날마다 하냐!"

"나도 힘들고 지칠때가 많지 하지만 그럴 때 마다, 고금지예개혈루소성古今至藝皆血淚所成 이라는 말을 되새기며 힘을 내."

"그게 무슨 말이야? 나 한자에 약하잖아."

"예나 지금이나 지극한 예술은 모두가 피눈물로 이루어진 것이다. 라는 말이야. 그림도, 노래도, 소설도, 연기도, 무용도 그 행위로서 생활을 영위할 수준이 되려면 삶과 죽음을 건너는 지극한 노력이 있어야 하는 거야. 나 따위의 노력은 아무것도 아니지."

정빈은 한숨을 푸욱 내쉬며 말했다.

"유라야. 다른 직업도 많은데 왜 이렇게 어려운 길을 가려고 하냐?"

"정빈아. 너 레오나르도 다빈치, 미켈란젤로, 고갱, 피카소 알지?"

"그래, 초등학교만 다녀도 다 아는 화가들 아냐?"

"그런데, 말이야. 그 화가들이 살던 때의 그 나라의 왕이나 대통령, 부자가 누군지 아니?"

"그걸 누가 아냐!"

"그래, 정빈아. 역사는 화가를 기억하고 그림을 인류 문화유산으로 보호하는 거야."

"그래서 역사에 남기 위해 그림을 그리는 거야?"

"아니, 내가 잘하는 짓이 그림뿐이라서 그런다. 그래서 천직이다, 운명이라 여기고 고생이 아닌 행복이라고 생각하고 그린다."

유라와 그림 이야기를 하는 것 자체가 실수였다. 정빈은 화제를 돌렸다.

"유라 너는, 그림 말고도 잘 하는 거 많잖아. 너 연예인 하면 화가보다 더 성공할거야. 화가 뿐 아니라 유명한 스타도 역사에 이름이 남잖아. 네 얼굴에, 네 노래, 악기 연주 실력이면 단박 슈퍼스타가 될 거야."

유라가 눈에 슬픈 빛을 떠올리며 정빈을 나무라는 투로 말했다.

"정빈아. 나를 가장 잘 안다는 너까지 그런 말을 하니까 갑자기 슬프다."

"왜?"

"얼굴 예쁘고 재주 좀 있다고 연예인이냐? 연예인이 되려면 끼가 있어야 해. 끼! 너, 나 같은 나무토막한테 연예인 끼가 있다고 생각하냐? 나보다는 차라리 영지에게 연예인 끼가 보이지 않아? 나에게는 그림이 숙명이야."

"왜 그래! 연예인 자신 없으면 그냥 미스코리아에 출전해 입상해. 그러면 네 그림 불티 날거야. 미스코리아 화가라니! 그런 스펙이 어디 있겠냐! 너는 미스 월드도 될 수 있어."

유라가 표정을 딱딱하게 굳히며 정빈을 안쓰러운 눈으로 보며 말했다.

"정빈아. 얼굴도 몸의 일부야. 그러니까 얼굴을 파는

것은 몸을 파는 것과 같은 거야. 네 눈에는 내가 예쁘게 보일지 몰라도 아니야, 나 예쁜 사람 아니야. 나처럼 생긴 얼굴 싫어하는 사람도 많아 "

"뭐라고?"

"한국 사람도 아니고 외국 사람도 아닌, 이상한 혼혈 같다는 사람도 있고, 돈만 있으면 성형으로 찍어 낼 수 있는 얼굴이다, 비슷한 얼굴이 많아 식상하다. 극단적으로는 가지고 놀 인형처럼 생겼지, 아내 삼아 사랑할 얼굴은 아니라는 사람도 있어."

"뭐? 뭐라고! 정말?"

"아름다움이란 보는 사람의 관점에서 판단되는 주관적인거야. 르네상스 시절의 미인은 둥그런 얼굴에 과체중인 중년 여성이 기준이었어. 조선 시대에 왕비를 간택할 때도 쌍꺼풀이면 예선 탈락이었다고. 정빈아. 석사학위 논문을 쓰면서 일본 도쿄에 있는 서복사라는 사찰을 찾아갔었어."

"웬 절을? 너 불교는커녕 종교 안 믿잖아."

"서복사에 있는 벽화를 보러 갔어."

"무슨 그림인데 네가 벽화를 보려고 일본까지 갔냐?"

"일본 52대 천황 사가 덴노의 정실이었던 당대의 절세 미녀 단린 황후를 그린 벽화였어.

"우와, 벽화에 그려놓을 만큼 미인이었어?"

"독실한 불교 신자였던 단린 황후가 불공을 드리려고 절에 오면 스님들이 황후를 보느라 염불을 못할 정도였다고 해."

"세상에, 벽화에 그 아름다운 모습을 어떻게 그렸을까!"

"단린 황후의 벽화는 일반인 공개 금지에, 사진 촬영 금지였어."

"왜, 그렇게 아름다운 미인도를?"

"일본의 유명한 화가를 통해서 어렵사리 벽화를 친견 했는데, 너무 무섭고 소름이 끼쳐서 그 자리에 주저앉을 뻔했어."

"절세 미녀였다면서!"

"그 벽화는 구상도였어. 아홉 가지 모습을 차례로 그려 놓은."

"구상도?"

"응. 황후는 인간의 외모라는 것이 얼마나 하찮은 것인 지 실제로 보여주기 위해서 자신의 사체를 들판에 버려 두고 자연적으로 소멸되어 가는 과정을 시간차를 두고 갓 죽었을 때부터 백골이 될 때까지 아홉 가지 그림으로 남기도록 했는데. 시신이 부패되어 가는 과정이 적나라하게 그려져 있었어.”

“세상에나…”

“나는 그 벽화를 보고 정말 많은 것을 깨달았어. 정빈아, 너 내 방 벽에 붙어 있는 생전의 내 어머니가 좋아하셨다던 안나 퀸들렌의 글 생각 나냐?”

“응, ‘책 속에 길이 있다.’뭐 그런 비슷한 말 아냐?”

“응. 기억하고 있구나. 나는 구상도를 보고 와서 그 글 밑에 안나 퀸들렌이 한 다른 말을 붙여 놓았어.”

“무슨 말인데?”

“내가 생각하는 아름다움은 종이처럼 새 하얗고 주름 하나 없이 깨끗한 얼굴이 아니라, 그 내면에 가진 생각과 지식이다.”

장 선장은 유라 그림의 모델을 서다가 해거름이 되면 유라와 정빈을 데리고 현산어보에서 저녁 겸 술 한 잔 하는 것이 삶의 큰 행복이었다.

장 선장뿐만 아니었다.

해군부대 장병들은 혹여나 유라를 볼 수 있을까 하여 일단 영외로 나오면 '현산어보'에서 식사를 하고 귀대할 때도 '현산어보'에서의 술 한 잔을 거르지 않았다.

더구나, 해군 부대의 의무관인 이정수 중위와 법무관인 박진호 중위가 유라에게 꽂혀 영외에 있을 때는 아예 '현산어보'를 집 삼았다.

하지만 유라는 장 선장과 정빈이 아니면, 그 누구의 술자리에도 앉지 않았고 술잔도 받지 않았다.

애가 닳은 의무관과 법무관은 남의 눈총을 아랑곳하지 않고 봉급을 다 털어 넣고도 부족하여 집에서 돈을 당겨다 매주 '현산어보'에서 파티를 열었다.

덕분에 법무실과 의무실의 장병들은 수십 만 원을 호가하는 최고급 어종의 회를 실컷 먹을 수 있었고, '현산어보'의 수족관은 언제나 신선한 활어들로 가득했다.

법무관과 의무관은 끈질기게 데이트를 신청했다. 그럴 때마다 유라는 두 사람에게 같은 말을 반복했다.

"그림 그릴 시간도 부족한데 데이트할 시간이 어디 있겠어요. 그리고요, 전역하면 떠날 사람과 사귈 만큼 멍청

하지도, 심심하지도 않아요."

두 사람도 한결같은 대사를 읊조렸다.

"유라를 데이트 상대로 만나자는 게 아냐. 부모님께 소개 시키고 정식으로 결혼을 전제로 사귀고 싶다고!"

그럴 때도 유라의 대답은 한결같았다.

"나는 결혼해서 가정생활을 할 재목이 되지 못해요. 연애 상대로는 더더욱 최악이고요. 그리고 이제 내 나이 스물다섯인데, 한 십년 쯤 후 외롭다 느껴지면 결혼이나 연애를 생각해 볼지도 모르죠. 하지만 그때가 되면 중위님은 마흔을 훌쩍 넘겼을 걸요? 그때까지 기다리실래요?"

법무관은 법과 대학을 마치고 사법고시에 몇 번 재수를 했고, 의무관은 졸업 후 인턴 과정을 마치고 입대해서 둘 다 유라 보다 대여섯 살 연상이었다.

가슴앓이를 하던 법무관이 부모에게 유라에 대한 연정을 털어 놓았다.

법무관의 아버지는 정색을 한, 명령조 목소리로 아들을 꾸짖었다.

"네가 지금 제 정신이냐! 너, 대학 때처럼 혁대로 맞아야 정신 차리겠구나! 우리 집안, 우리 로펌에서 역대 검찰총장, 법무장관을 줄줄이 만들어 대한민국 사법을 지배하고 있는 줄 빤히 아는 녀석이 선창가 횟집 딸을 들먹여! 박진호! 그 계집이 그렇게 좋으면 군 생활 동안 적당히 데리고 놀다가 나중에 네 발목 잡지 못하도록 데리고 논 화대 뭉텅 입에 물려 재갈 채우고 오너라. 우리 법조 패밀리에서 너에게 거는 기대가 크다. 그러니 허튼짓하지 말고 조용히 전역해라."

법무관의 어머니가 남편을 나무랬다.

"그러게 내가 뭐랬어요! 군대 보내지 말고 빼자고요! 왜 쓸데없이 군대를 보내 가지고 애가 헛생각하게 만들어요! 지금이라도 제대시켜요!"

법무관의 아버지, 대형 로펌의 공동 대표 변호사인 박 대표가 아내의 말을 비웃었다.

"지금은 군 면제가 허물은커녕 힘의 과시가 되고 있지만, 애가 나설 수십 년 후의 세상에서는 징집 사기는 결정적인 흠이 될 수도 있어. 코 앞 밖에 보지 못하는 여자의 밴댕이 소견 그만 둬. 진호에게 앞으로 큰일을 맡기려면, 미래를 현재에서 대비해 둬야 한다고! 두고 봐! 지원입대로 장교 전역한 스펙은 애에게 꿈의 집을 지을 수 있는 대들보가 될 거야"

"그건 그때 가봐야 알 일이고 지금 당장은 미래에 보탬은커녕 발목 잡혀 넘어질 뻘 짓을 하고 있잖아요. 당장 서울로 불러 올려서 횟집 계집과 떼어 놓으세요!"

붉어 부스럼을 만든 법무관이 한 걸음 물러섰다.

"아닙니다. 그냥 장난삼아 해본 말입니다. 얼마 남지 않았으니 그냥 거기서 전역해 올라오겠습니다."

법무관의 어머니, 이 여사는 아들을 미심쩍은 눈으로 쏘아 보다가 남편에게 말했다.

"여보, 애가 장난삼아 그런 말을 할 성격이 아니잖아요. 당신이 그 횟집 딸에 대해 좀 알아봐요."

"으흠, 내가 사무장에게 말해 놓을게."

법무관이 유라에게 마구 들이대자 애가 탄 의무관도 부모에게 도움을 청했지만 펄쩍 뛰기는 의무관의 부모들도 마찬가지였다.

의무관의 어머니 김 여사는, 눈에 쌍심지를 켜고 아들을 꾸짖었다.

"군인 눈에는 치마만 두르면 다 여자인데, 네가 제 정신이야? 너도 아빠처럼 동네 의원에서 보톡스 주사로 겨

우 밥이나 빌어먹고 살 거냐! 사고 치지 말고 곱게 전역
해라. 그런 계집애, 그냥 돈질로 불장난하다가 전역하면
뒤도 돌아보지 말고 올라와. 내가 왜 너를 군대 보낸 줄
아냐! 의사에 장교 현역 제대라면 결혼 시장에서 최고
상품 아니냐! 메디컬 센터 빌딩 지어서 너 대표 원장 앉
혀줄 부잣집 딸 줄 섰으니까, 너 사고 쳤으면 돈질로 막
고 조용히 제대해라."

하며 콧방귀를 뀌었다.

　하지만 이 중위는 그냥 물러나지 않았다.

　"유라씨, 보통 사람 아닙니다. 대학미전 대상은 물론
미술대전에서 대상을 받고 프랑스 살롱 전에서도 입상
한 전도양양한 화가라구요."

　"얼씨구! 횟집 서빙도 부족해서 화가라고? 야! 눈 똑바
로 뜨고 정신 차려! 젊은 예술가가 돈버는 거 봤냐? 그리
고 여자 화가치고 가정 제대로 꾸린 거 봤냐? 가정은커
녕… 제 몸 간수도 제대로 못 하는 것들 천지더라."

　의무관은 아버지의 막말에도 쉽게 물러서지 않았다.

　"아빠, 유라네 가난하지 않아요. 횟집 상가 건물 통째
로 가지고 있다구요! 맘만 먹으면 병원쯤은 얼마든지 차
려 줄 재력이 있다고요."

"너 얼마 전부터 월급은 어디 두고 자꾸만 돈 보내라고 보채더니 그 돈 전부 그 계집 밑구멍에 쏟아 부었냐? 이 자식아! 정신 차려! 시골 살림 있어 봐야, 강남 아파트 반 채 값도 못 된다. 꼭지 덜 떨어진 소리 하지 말고 이번 주부터 주말이면 무조건 집에 올라와. 고속 열차 두 시간 반이면 오잖아."

의무관은 처음부터 각오한 바가 있었는지 아버지의 말을 되받아쳤다.

"이번 주말에 엄마 아빠가 내려 오셔요. 유라를 보면 마음이 달라질 겁니다."

집요한 아들의 성격을 잘 아는 어머니가 남편에게 부탁했다.

"여보, 우리가 내려가서 정리합시다. 이 녀석이 덜컥 사고 쳐 그 계집애 임신이라도 시키면 어떡해요. 우리가 어떻게 만든 의사 아들인데! 그런 선창가 횟집 뱃놈과 사돈을 맺어요!"

바다가 보이는 창가 탁자에 자리 잡은 의무관과 김 여사 부부에게 정옥이 메뉴판을 가지고 가자, 의무관이 벌떡 일어나며 말했다.

"유라 어머님. 제 부모님이셔요."

"아, 네. 그러셔요. 반갑습니다. 수족관에 유라 아빠가 직접 잡아 온 자연산 활어가 많습니다. 드시고 싶은 고기 고르셔요."

김 여사가 정옥이 건네주는 메뉴판을 손으로 탁 쳐 밀치며 말했다.

"우리는 회를 먹으러 온 게 아니고, 이 집 딸 보러 왔어요. 유라인가? 아줌마 딸이 내 의사 아들을 좋아한다고 해서 말이요. 어떻게 우리 아들을 홀렸는지는 모르지만, 당신 딸 좀 이리 오라고 하세요. 얼굴이라도 보게."

정옥은 싫은 내색을 하지 않았다. 이정수가 큰 단골이기도 했지만, 정옥은 회갑이 되도록 거친 바다 사람들을 상대로 장사를 해 온 선수가 아닌가.

정옥은 문 앞 테이블에 장 선장과 앉아 있는 유라를 불렀다.

"유라야. 의무관님 부모님이시다. 이리 와서 인사 드려라."

어머니의 말을 거역해 본 적이 없는 유라였다.

유라가 곁에 와서 인사를 하자, 김 여사가 대놓고 유라를 위 아래로 훑어보고는 말을 던졌다.

"아가씨가 우리 의사 아들 좋아한다면서? 여기 앉아 봐. 이야기 좀 들어 보자."

"아닙니다. 저는 손님들 자리에 앉아 본 적이 없습니다. 물론 이 중위님 자리에도 지금까지 앉아 본 적이 없습니다."

김 여사가 얼굴에 비웃음을 띠며 비꼬는 투로 말했다.

"꼴에 콧대가 있다 이거야?"

혼비백산한 이 중위가 소리쳤다.

"엄마! 무슨 말을 그렇게 해요!"

김 여사는 아들의 말을 아랑곳하지 않고 말을 계속했다.

"얼굴 반반한 걸 보니 남자들 깨나 홀렸겠는데, 넘볼 사람을 넘봐야지. 어디서 감히 내 의사 아들을!"

유라는 눈썹하나 까닥이지 않고, 상한 기분을 담지 않은 담담한 말투로 대답했다.

"저는 이 중위님과 사귀고 싶은 마음이 털끝만큼도 없으니 걱정 놓으세요."

의무관이 김 여사에게 소리쳤다.

"어머니! 이러려고 서울서 여기까지 오셨어요! 저 아직 유라씨와 데이트 한 번도 못 했다고요!"

김 여사가 발끈해 아들에게 호통쳤다.

"이정수! 의사씩이나 되어가지고! 너 싫다는 계집애한테 징징대고 싶냐! 말만 하고 손만 내밀면 천지가 네 여자인데! 여보! 그냥 일어납시다. 이런 구질구질한 곳에서 생선회 먹고 식중독 걸리면 어떡해요?"

하지만, 이정수의 아버지, 이 원장은 아내와는 생각이 다른지 유라에게 꽂힌 눈을 떼지 못하며 말했다.

"여보! 우리 집안에 저런 미인 유전자가 들어오면 손자들 인물이 얼마나 좋겠어."

남편의 말 꼬리를 잡아 김 여사가 비꼬는 말투로 쏘았다.

"저런 정도 얼굴은 돈 처바르면 얼마든지 찍어 낼 수 있다는 거 성형외과 의사인 당신이 더 잘 알잖아요!"

"유전자까지 칼이 들어가지는 않잖아! 손자들까지 자자손손 성형할거야?"

이 원장은 아내의 말을 무찌르고 유라에게 말했다.

"아가씨! 이집에서 제일 비싼 생선이 어느 거야? 값 따지지 말고 잡아와."

남편의 뜻밖의 말에 일그러지는 김 여사의 얼굴과는 반대로 사색이 되었던 이 중위의 얼굴에는 화색이 돌았다.

"여기 상차림 보시면 아빠도 입을 딱 벌리실 겁니다."

이때, 의무관 부모의 수작을 지켜보고 있던 장 선장이 다가와 이 원장에게 말했다.

"입구에 세워진 차, 사장님 차입니까?"

"그렇소만."

"입구에 너무 바싹 대서 손님 출입에 어려움이 있소. 길 건너의 광장처럼 넓은 무료 주차장으로 옮기세요."

이번에는 이 원장이 장 선장을 위아래로 훑어보며 대꾸했다.

"일부러 주차장에 대지 않고 가게 앞에 댄 거요. 그 차 백 밀러 하나가 당신 차 한 대 값이요. 하긴 이 시골에서 벤츠 에스 클래스 구경이나 해 봤겠소? 다치지 않게 잘 지켜요."

유라는 장 선장의 가슴이 부풀어 오르며 눈초리가 치켜 올라가는 것을 보았다.

화를 내기 직전의 버릇이었다.

유라가 황급히 이 중위에게 말했다.

"중위님이 차를 옮겨 주세요. 활어 트럭들이 줄지어 다니는 길이잖아요. 바닷물 세례를 받을 수도 있고, 녹슨 고물 트럭이 긁고 지나갈 수도 있잖아요. 블랙박스 있어

구상도

봐야, 여기서는 무용지물이에요. 대포차도 많고, 바닷물에 번호판이 녹슬어 알아 볼 수 없는 차도 많아요."

김 중위가 벌떡 일어나 아버지에게 손을 내밀었다.

"아빠 키 주세요."

김 여사가 아들의 옷깃을 잡아 당겨 주저 앉혔다.

"못난 놈. 그냥 앉아 있어라."

유라는 장 선장이 휘파람 소리를 내며 숨을 거칠게 내쉬는 것을 보고 이 중위에게,

"중위님. 오늘은 그냥 부모님 모시고 다른 식당으로 가셔요."

하고는 이어서 김 여사 내외에게,

"죄송합니다. 오늘은 저희 가게에서 음식을 드시기 어려우실 듯합니다."

하며 허리를 숙여 사과의 인사를 했다.

김 여사가 즉각 목소리에 각을 세웠다.

"어라? 이것들이 손님을 쫓아내? 그렇지 않아도 나가려고 했다! 여보, 나갑시다. 이정수! 엄마 아빠가 쫓겨나는 꼴 보고도 이 집 또 올 거냐!"

김 여사는 벌떡 일어나 아들과 남편의 등을 떠밀어 나

가며 도끼눈을 뜨고 한 마디 보탰다.

"너희들, 오늘 큰 실수 한 줄만 알아라."

장 선장도지지 않고 김 여사의 뒤통수에 쏘아붙였다.

"너희들이야말로, 오늘 이 정도로 그친 걸 다행으로 알아라. 의사? 개뿔, 세상에 널린 게 의사고, 망해서 문 닫는 것이 의원이다. 대학병원도 부도나는 세상인데 꼴에 의사라고 갑질을 해? 의사라면 사람이 우선이지, 돈이 우선인 너희들은 사람도 아닌 개백정이다!"

의무관 일행이 나가자 장 선장은 소금을 한 바가지 퍼와 가게 앞에 뿌렸다.

정빈이 유라에게 물었다.

"왜, 의사 사모님 되어서 돈 걱정 없이 속편하게 그림만 그리지 그랬어?"

"너 지금 나 간보는 거냐? 나는 이 중위를 맨 처음 봤을 때 벌써 뭐 이런 조무래기가 다 있냐 하고 생각했어."

"첫눈에 뭘 보고?"

"너 이 중위 차고 다니는 시계 봤냐? 다이아몬드가 번쩍거리는 수천 만 원 짜리 금장 명품 시계 일부러 소매

141   구상도

밖으로 내놓고 다니는 거 봤지?"

"응."

"의사라는 게 내세울 것이 얼마나 없으면 시계를 과시하고 다니냐. 그래서 의사라는 직업을 돈벌이 수단으로 선택한 줄 알았어. 돈밖에 모르는, 돈 없는 사람은 사람 취급하지 않는 비천한 부류라는 것을 눈치채고 말 붙일 틈을 주지 않은 거야. 역시나 오늘 부모들 하는 짓 보니까 내 판단이 틀리지 않았더라고."

"우와. 너 진짜! 화가의 눈이 정말 매섭구나. 하긴 보통 사람의 눈으로 사물을 관찰해가지고는 화가가 될 수 없겠지."

"겉만 보아서는 절대로 화가가 될 수 없어."

"아하. 그래서 다빈치가 해부를 해서 인체의 내부를 들여다보았구나."

"눈에 보이는 것뿐 아니라 보이지 않는 것까지 보지 못하면 좋은 화가가 될 수 없어. 사람을 포함한 모든 사물이나 현상은 보는 관점에 따라서 다른 천의 얼굴을 가지고 있어."

"컵을 위에서 보면 원형이 옆에서 보면 직사각형인 것처럼?"

"초딩 수준이지만, 그 정도라도 이해해주니 고맙다. 정빈아. 나는 사람의 1밀리미터 피부를 그리지 않고 그 사람의 내면을 그리려고 노력하는 화가야. 그래서 사람을 보면 겉모습과 함께 그 사람의 내면을 보려고 해. 이정수, 우리 가게에서는 생선회에 소주를 마시지만, 2차 가서는 아가씨 홀랑 벗겨서 젖가슴 사이에 술 부어 사타구니로 흘러내린 술 받아 마시는 추한 짓을 하는 쓰레기지. 그 쓰레기 눈에는 여자가 모두 성기로 보일거야. 나를 볼 때도 그런 상상을 하겠지."

"유라, 네가 그걸 어떻게 알아?"

"고딩만 되도 다 아는 짓이지만, 네 친구 주영진이 말해주더라. 이정수 개 쓰레기 새끼니까 의사라고 혹하지 말라고."

일주일 뒤 토요일 오후.

갑자기 헌병대 지프차가 몰려와 현산어보 앞에 줄줄이 멈췄다.

헌병대 고참 상사로 부둣가를 휘젓고 다니다가 저녁이면 현산어보로 졸병들을 데리고 와 공술을 뜯어 마시는 술꾼 김 상사가 현산어보에 들어서며 중사 시절부터 저

맘대로 형님이라 부르는 장 선장에게 고개를 까닥여 인사를 했다.

"김 상사가 근무 시간에 무슨 일이야? 술시 아직 멀었잖아?"

"제독님께서 오늘 저녁 식사를 여기서 하신답니다."

아직까지 별 둘, 소장인 사령관이 현산어보에 온 적은 없었다.

"사령관이 어인일로?"

"오늘 저녁 식사 초대를 여기로 받았답니다."

"우리 가게에서 초대를? 그런 예약 받은 적 없는데?"

"예정에 없던 일이라서 부관실과 헌병대에 비상이 걸렸습니다. 그래서 부랴부랴 온 거구요. 오늘 저녁 2층 예약 있습니까?"

"예약은 없어."

"그럼 2층 전 층 사용하겠습니다. 헌병대가 안전 점검하고 봉인한 후에는 아무도 입실할 수 없습니다. 아무리 해군 별, 힘없는 똥별이라지만, 투 스타 아닙니까. 경호 매뉴얼대로 모셔야죠. 그럴 일은 없겠지만, 만일의 경우 제독님을 대피시킬 비상구까지 확보해야 합니다. 2층에 비상구 있죠?"

"복도 끝에 밖의 비상계단으로 나가는 문이 있지만, 술 쳐 먹고 도망가는 군바리들 때문에 평소에는 잠가 놓지."

"열쇠는 어디에 있습니까?"

"계산대 서랍에 있어."

"그 열쇠 주세요. 미팅 끝나면 돌려놓겠습니다."

"그렇게 해. 몇 시에 온다고?"

"여섯 시입니다."

"두 시간도 남지 않았는데. 바쁘겠어. 일단 메뉴를 지금 정해 줘, 준비하게."

"메뉴는 가격 무제한으로 가능한 최고로 차리세요. 계산은 사령관 품위 유지비로 부관실에서 할 겁니다."

"몇 명이야?

"제독님과 초대 손님이 함께 앉을 메인테이블은 열 명으로 잡고요, 아래층에 운전병과 헌병 애들 밥 먹일 테이블도 두 개 따로 봐 주세요."

"사령관은 그렇다 쳐도 초대한 사람이 누군지는 알아야 맞추어 음식을 준비할 수 있지 않겠어? 김 상사는 알거 아냐?"

"박진호 법무관 부모가 제독님을 초대한 겁니다."

"난 또 국방부 장관이라도 오는 줄 알았네. 박 중위 부모가 이렇게 호들갑을 떨며 사령관을 오라 가라 할 정도로 대단한 사람이야?"

"박 중위네 가문이 대한민국 최고 최대 법조가문입니다. 그 집안 로펌이 대한민국을 꽉 쥐고 있다고 해도 과언이 아닙니다. 법무장관, 검찰총장도 여럿 배출하고, 국회의원쯤은 쥐락펴락합니다. 부장 검, 판사 정도는 명함도 못 내밀 정도입니다. 대통령도 좌지우지하는 집안이랍니다. 형님. 그 조직에 걸리면 산 사람도 죽은 사람이 되고, 죽은 사람도 산 사람이 됩니다. 살인자도 무죄방면이고 멀쩡한 사람도 살인자 됩니다. 사령관도 참모총장을 꿈꾸고 있어서 연줄을 대려고 합참에 가던 길을 돌려 허둥지둥 내려오고 있어요."

장 선장이 발끈, 얼굴에 노기를 띠며 으르렁 거리듯 말을 뱉었다.

"법조 가문 좋아하네! 천하에 나쁜 놈들이 그놈들이구만, 내가 제일 싫어하는 쓰레기들이구만! 김 상사, 헌병대에서 평생 군인들 때려잡으며 살아서 그런 놈들이 좋아 보일지 모르지만, 내 눈에는 천하인종지말자 중에서도 개새끼, 내놓을 것이 몸뚱이밖에 없는 불쌍한 창녀들

등쳐먹고 사는 창녀촌 삐끼들보다 더 더러운 쌍놈의 새 끼들이다."

김 상사는 장 선장의 노기에도 물러서지 않고 손을 비 볐다.

"형님! 형님이 그러실 줄 알고 제가 이렇게 먼저 와서 형님께 사정하는 겁니다. 형님! 저번 주에 의무관 이 중 위 부모를 쫓아내셨다면서요?"

"가게 문을 닫더라고 그런 인간 못된 것들에게는 음식 안 판다."

"그 소문이 영내에 쫙 퍼졌어요. 그래서 박 중위가 부 모님께 이야기 해 사령관을 모신 겁니다. 형님이 사령관 까지는 내쫓지 못할 거니까요."

"사령관? 너희 부대에서나 사령관이지, 내 가게에서는 사령관 아니다. 사람 노릇 못 하면 얼마든지 쫓아낸다."

"에이, 형님! 사령관이 외출, 외박 금지 명령 내리면 선 창가 가게들 모조리 곡소리 나는 줄 아시잖아요."

"그러니까 박 중위 부모도 유라를 보러 온다는 말이 야?"

"네. 그래서 형님께 이렇게 부탁하는 겁니다. 아닌 말 로 유라, 그 집안에 들어가면 팔자가 럭키세븐 칠자로 바꿔는 겁니다. 형님도 마찬가지고요. 아무도 형님을 건드릴 수 없게 된다고요."

"김 상사! 죄 짓지 않으면 돈 없는 서민들을 개돼지 취급하는 그런 악마새끼들 만날 일 없다. 이것들이 뭘 몰라도 한참 모르네. 의사나 판검사면 세상 여자들 맘대로 고를 수 있다고 착각하는 모양인데 꿈들 깨라고 해. 세상에는 돈과 권력으로 할 수 없는 것도 많아!"

"그러니까 형님께 이렇게 부탁하는 거 아닙니까. 사령관님 위상을 봐서라도 유라에게 한 번만 합석해 달라고 해 주세요. 이참에 형님도 제독님과 안면을 트시고요."

"그건 유라 맘이지. 유라에게 물어봐서 싫다면 예약 취소다."

다급해진 김 상사가 장 선장의 두 손을 꼭 부여잡고 간청했다.

"형님! 제 사정 한번 봐주세요. 제가 상사로 제대해야 되겠습니까. 제발… 준사관으로 군 생활 마감할 수 있도록 도와 주셔요."

"준사관? 준위 말이냐? 준위는 기술직인데 헌병이 어떻게 준위가 된다는 거냐?"

"형님, 저 원래 전탐장이었어요. 전자 탐지 레이더 분

석 정보 취합능력을 인정받아 헌병대에 파견 나온 겁니다."

준사관은 계급 서열로는 상사의 위, 소위 아래에 위치하지만, 사병의 스타로, 말 그대로 별에 못지않은 위상의 계급이다.

전탐분야 원사라면 구축함 급 전투 함정의 전탐장으로 승선해 함장에 버금가는 예우를 받으며 놀고먹다가 상사와는 비교가 되지 않는 영관 장교 급 연금을 받고 전역하는 꿀 보직이었다.

장 선장은 김 상사의 비굴할 정도의 사정을 매정하게 뿌리칠 수 없어 말대답을 해주었다.

"저쪽 선창에서 스케치 하고 있는 유라에게 가서 물어보자."

유라는,

"제독님이나, 박 중위 부모가 아닌, 아빠 옆자리라면 앉을게요. 아빠가 결정하세요."

하고 폭탄을 장 선장에게 돌렸다.

"순전히 김 상사와 호형호제 의리 때문에 오늘 한 번만 봐준다. 유라야. 서둘러 미장원에 들렀다가 좋은 옷으로 갈아입고 와. 저번에 이 중위 엄마처럼 너를 서빙 아가씨로 보고 무시하지 못하도록 말이야. 나도 이발관에 들렀다가 옷 바꾸어 입고 오마. 이것들에게 돈과 권력으로도 살 수 없는 것이 있다는 것을 보여주자."

입이 귀밑에 걸린 김 상사가 졸병들을 다그쳤다.

"가게 내부와 화장실은 물론, 앞길까지 전부 쓸고 닦고, 2층을 샅샅이 살펴 위험요소가 있으면 제거하고 봉인해라."

저녁 시간이 되었다.

기사가 운전하는 수억짜리 마흐바흐가 현산어보 앞 길 건너 주차장에 멈추어 박 중위와 부모가 내렸다.

기다리고 있던 김 상사가 즉시 헌병대 지프 네 대로 마흐바흐의 전후좌우를 막았다.

곧이어 헌병대 선도차를 앞세우고 별 두 개 번호판을 단 제독의 차가 현산어보 앞에 멈추었다.

군부대 행사였다면, 레드 카펫이 깔리고 군악대가 먼저와 기다리고 있다가 제독이 내릴 때 스타 행진곡을 연주했겠지만, 제독은 호들갑을 떨지 않고 조용히 내려 김 상사의 안내로 부관과 함께 2층으로 올라갔다.

박 중위, 박 변호사 부부, 로펌의 사무장, 사령관과 부관, 김 상사, 일곱 사람이 인사를 나누고 자리에 앉고, 당번병 둘이 출입문 앞에 서자 강 선장과 유라가 들어왔다.

유라는 자유분방한 예술가 차림이 아닌, 목과 소매에 주름이 잡힌 순백색 블라우스 위에 검은색 쓰리피스 정장을 입은 커리어 우먼 차림이었다.

머리카락도 수박처럼 동그란 이마가 훤히 드러나도록 깔끔하게 쓸어 모아 뒤통수에 묶은, 수수한 모습이었다.

하지만!

잘록한 허리에 긴 하체, 풍만한 가슴과 엉덩이, 약간 넓은 어깨가 전문 모델보다도 더 옷맵시를 돋보이게 하고 있었다.

색채 화장을 하지 않았지만, 이목구비 하나하나가 선명하여 성형과 덧칠을 하지 않은 자연미를 마음껏 뽐내고 있었다.

전반적인 분위기 또한 당당하고 의젓해, 범접키 어려운 묵직한 후광이 몸 전체를 감싸고 있었다.

장 선장은 대형 크루즈 선의 선장처럼 소매에 금테가 줄줄이 둘러진 새하얀 선장 복장이었다.

본디 풍채가 있는 사람이라서 방안이 가득 찬 느낌이었다. 장 선장이 내뿜는 살벌할 정도의 기세가 방 안을 가득 채웠다.

옷차림이나 풍채로 보아서는 사령관과 자리를 바꾸어 앉아야 어울릴 듯싶었다.

방안의 모든 사람들이 일시에 입을 다물고 두 사람을 쳐다보았다.

장 선장은 아름드리 고송 같았고, 유라는 그 고송에 내려앉아 있는 학과 같았다.

사령관이고, 법무법인의 대표고 간에 그 방안의 누구도 장 선장과 유라 앞에서는 태양 앞의 반딧불이었다.

박 변호사 부부는 동그랗게 뜬 눈을 깜박이지도 못 하고 유라에게 박힌 시선을 떼지 못했다.

김 상사가 '퍼득' 정신을 차린 듯 일어나서 두 사람을 좌중에 소개했다. 모두들 자리에서 일어나 장 선장과 악수를 하고 통성명을 했고, 유라는 선명하고 맑은 목소리로,

"정유라입니다."

한 마디만 했지만, 박 중위는 허둥거리다 상위의 물 컵을 엎질렀다.

모두 자리에 앉아 사무장이 서울에서 가져온 최고급 브랜디로 술잔을 채웠다. 유라도 잔을 사양하지 않았다.

술이 두어 순배 돌도록 모두가 유라와 장 선장에게서 눈을 떼지 못하고 말을 가볍게 내지 못했다.

특히, 박 중위의 어머니는 유라의 모습이 자신의 예상과는 너무 다른지 자꾸만 유라와 아들을 번갈아 보았고, 대형 로펌의 대표 변호사로서 룸살롱에서 미인 작부들과의 접대 술을 수도 없이 마셨을 박 변호사도 자꾸만 유라에게 눈길을 주다가 곁에 앉아 있는 사무장에게 법정에서 하는 습관처럼 귓속말을 주고받곤 했다.

생선회와 곁들임 음식이 줄줄이 차려져 상이 가득 찰 때쯤 장 선장이 평소의 거친 말투와는 달리 부드럽고 의젓하게,

"누추한 제 가게를 찾아 주셔서 고맙습니다. 이제 여러분들께서 말씀을 나누도록 유라와 저는 일어서겠습니다."

하며 유라와 함께 일어서려 하자, 법무관의 아버지, 박 대표가 황급히 손을 내저었다.

"잠시만 더 앉아 주십시오. 할 이야기가 있습니다."

장 선장이 다시 좌정하자 박 대표가 말을 이었다.

"사실 금방, 유라 아가씨와 장 선장님을 만나기 전에 가졌던 생각을 바꾸게 되었습니다."

'아차!'싶은 유라가 장 선장 얼굴을 힐끗 보니 역시나 눈초리가 치켜지며 바로 말을 던진다.

"여기 오기 전에 가졌던 생각부터 말씀해 보시지요."

장 선장의 일격에 말로 먹고 사는 로펌의 대표 변호사가 움찔, 바로 대꾸를 하지 못했다.

사무장이 곧바로 총알을 대신 받았다.

"박 중위는 그냥 판검사나 변호사가 될 사람이 아닙니다. 우리 로펌에서 크게 쓰려고 관리하고 있는 꿈나무입니다. 따라서 정유라양이 박 중위의 앞날에 누가 되는 일이 없도록…"

갑자기 장 선장이 사무장의 말을 자르며 소리쳤다.

"누가 되는 일이 없도록이라니! 누가 누구의 앞날에 누가 된다는 거요?"

유라가 재빨리 진화에 나섰다.

"박 중위님이 부모님께 무슨 말씀을 드렸는지는 모르겠지만, 저는 박 중위님과 술 한 잔도 함께 마시지 않았고, 단 둘이 앉아 말을 나눈 적도 없습니다. 그러니 제가 박 중위님의 앞날에 누가 될 일이 있겠습니까?"

유라의 말끝에 박진호가 벌떡 일어나 사무장에게 말했다.

"지금 이게 뭐하자는 겁니까. 누가 이딴 식으로 일을 처리하라고 했어요?"

아버지 연배의 사무장에게 막말을 하는 박진호를 보고 이 여사가 자못 자애로운 목소리로 아들에게 말했다.

"진호야! 경솔하게 무슨 짓이냐! 곱게 앉아서 엄마 말 들어라."

이어 이 여사는 유라에게 눈길을 주며 말을 이었다.

"유라 아가씨. 아무 생각하지 말고 그냥 우리 손잡아요. 그러면 우리가 아가씨를 프랑스든 미국이든 원하는 곳으로 유학을 보내어 세계적인 화가로 키우고, 미대 교수를 겸직시켜 우리 아들과 견주어 손색이 없는 지위와 자격으로 태생적 신분을 세탁해 줄 게요. 아가씨가 지금, '네'라고 한 마디만 하면 20년 내에 영부인이 될 거예요."

구상도

잠자코 있던 사령관이 신음처럼 내뱉었다.

"영부인이라고요?"

"그래요. 우리 가문에서 내 아들을 대통령으로 키우고 있어요. 우리가 마음먹으면 틀림없이 해 냅니다. 아가씨, 대답해 줘요."

방안의 모든 사람들의 시선이 유라에게 집중되었다.

생각을 정리하는 듯 잠시 뜸을 들이던 유라가 천천히 한 마디 한 마디 분명하게 말을 했다.

"참으로 고마우신 말씀입니다. 제게 세상의 많은 여자들이 꿈꾸는 신데렐라가 될 수 있는 기회를 주셔서 정말 고맙습니다. 하지만, 저는 제 스스로 오직 제 그림만으로 길을 열어가겠습니다. 그리고…"

유라는 박 중위를 똑바로 보고 말을 이었다.

"그 무엇보다도… 의무관 이 중위님과 마찬가지로 박 중위님께도 제 심장이 뛰지 않습니다. 모름지기 예술가로서 가슴이 설레지 않는 사람과 어찌 결혼하겠습니까?"

유라와 강 선장이 자리를 뜨자, 모두들 입을 다물고 음식을 끄적거리다가 태반을 남기고 자리를 파했다.

사무장이 맨 나중에 나가면서 장 선장과 유라에게 나직하지만 분명하게 말했다.

"두 분, 앞으로 조심 하셔야 할 겁니다. 법조계는 원한이 깊은 조직입니다."

장 선장이 눈초리를 치키며 반문했다.

"원한이라니!"

"우리 로펌은 거절을 참지 못합니다."

"뭐라고! 죄 안 지으면 네까짓 것들 볼 일 없고, 세상에 널리고 널린 게 로펌이다!"

사무장은 비웃음을 띠며 뒤로 획 돌아 나갔다.

"왜놈보다 왜놈 앞잡이들이 더 나쁜 놈이더니, 기껏 똥개 주제에…"

장 선장은 사무장의 뒤통수에 말을 던지고 소금을 한 바가지 퍼와 가게 앞에 뿌렸다.

크게 실망한 김 상사가 장 선장에게 푸념했다.

"형님. 원사가 되려면 간첩선을 잡는 것 같은 큰 공훈을 세워야 하려나 봐요."

"헌병대에서 거들먹거리며 놀지 말고, 원래 보직 전탐으로 돌아가 고속정이라도 타며 착실하게 경력을 쌓아

구상도

서 오를 생각해."

"그렇게 노력해도 원사가 되기는 말 그대로 하늘의 별 따기라고요. 연줄을 잡을 수 있는 뭔가 획기적인 계기가 있어야 해요."

법무관 부모와의 한바탕 푸닥거리가 끝난 후, 정빈은 유라에게 장난삼아 말을 던졌다.

"세상에나, 미래의 영부인 자리를 걷어 차다니. 유라 너 대단하다."

"박진호도 애시 당초 사람되기 틀린 잡것인 줄 알았 어."

"박 중위도?"

"응. 현산어보에 점심 먹으러 와서 폭탄주 말아 마시는 거 보고 어, 이거 봐라? 했는데 올 때마다 술이 덜 깨 눈 동자에 핏발이 선 토끼눈으로 위스키 냄새를 풍기더라 고. 그 나이에 벌써 알코올 중독이라니. 정빈아. 박진호 하는 말 속에는 일반 상식 하나도 들어있지 않아. 오로지 법전 외에는 아무런 책도 읽지 않은 무식 그 자체야. 그 런 것들이 판사, 검사랍시고 낮술 폭탄주 마시고 남의 인 생 죽이고 살리는 재판한다는 거 끔찍하지 않니? 그뿐이면 말을 하지 않아. 주영진이 그러는데, 박진호도 2차 가면 아가씨들 홀랑 벗겨 놓고 아가씨들 신발에 술 따르고 팬티 적셔서 한 잔 씩 돌리고 팁을 아가씨 성기에 꽂아 준다더라. 그 새끼도 여자를 성기로만 보는 개새끼지. 그런 개 새끼를 대통령 만든다고? 한민족의 앞날에 먹구름 가득이다."

"주영진이가 너를 좋아하나 봐. 네가 박 중위와 이 중위랑 사귀지 못하도록 초를 치는구나."

"주영진이 아니라도 그런 건 유튜브에 끝도 없이 뜬다."

상견례 이후로도 이 중위와 박 중위는 유라를 한번이라도 더 보려고 뻔뻔하게 얼굴을 쳐들고 현산어보의 문턱이 닳도록 오갔다.

거꾸로 매달아 놓아도 돌아가는 국방부 시계는 밤낮없이, 쉼 없이 째깍째깍 돌아가, 결국은 법무관과 의무관, 정빈의 전역 날이 두 달 남짓 밖에 남지 않았다.

위관급과 부사관은 전역 전 한 달 전부터 부대 업무에서 열외되고, 더러는 휴가를 받아 집에서 전역하는 것이

관례였다. 따라서 전역 파티에 모두가 참석하려면 국방부의 공식 전역 날보다 한 달 전에 해야 했다.

나이가 가장 많고, 해군 내 영향력이 큰 헌병대 김 상사가 나서서 전역 파티를 주도했다.

"한 사람도 빠짐없이 참석하도록 미리 날을 잡아 그날로 휴가, 외출, 외박을 맞추고, 파티 프로그램을 멋지게 짜자."

전역 파티 예정일이 보름쯤 남았을 무렵,

현산어보에 초췌한 모습의 김영지가 나타났다.

"모범수로 가석방되어 재작년에 돌아가신 엄마 유골함 찾아서 생전의 엄마 유언에 따라 엄마의 고향 명산도 개펄에 유골을 뿌리고 왔어요. 어린 시절 할머니와 기어다니며 조개 줍고 낙지 잡던 개펄을 보고 싶기도 했고요. 그때 내가 나이는 어렸어도 할머니보다 낙지를 훨씬 더 잘 잡아서 할머니가 맨날 너는 갯손이 걸으니 갯가에 살면 굶어 죽을 일은 없겠다고 칭찬하시곤 했어요."

갯손이란 개펄에서 해양생물을 채취하는 능력을 말한

다. '갯손이 걸다'는 것은 해양생물을 수렵 채취하는 능력이 뛰어나는 말이다. 아무나 갯손이 뛰어날 수는 없었다. 해양 생물의 생태에 대한 지식, 바닷물이 들고 나는 물 때, 먹이나 계절, 환경에 따른 해양생물의 이동 경로 등에 대한 천부적인 감각과 재빠른 손을 타고 나야 가능한 것이다.

비쩍 마른 몸, 꺼칠한 얼굴로 현산어보에 들어 온 영지는 구석진 자리에 쓰러지듯 털썩 앉으며, 정옥에게 주문했다.

"모둠회 작은 거 한 접시하고 소주 한 병 주세요. 돈 낼게요."

장 선장이 무뚝뚝하게 말했다.

"무슨 계산이냐. 죽은 친구 딸에게 밥 한 그릇, 술 한 잔 못 주겠느냐. 차분히 먹고 어서 가거라. 너 여기 온 줄 알면 또 압수수색 당할라. 내 생전에 그렇게 치욕스런 일은 없었다. 다시 또 겪고 싶지 않다."

영지가 갑자기 얼굴에 독기를 품으며 말을 받았다.

"엄마와 나, 정말 억울해요, 뽕 심부름 한 건 맞지만, 엄마와 나는 뽕 안하고 사고 팔지도 않았어요. 뽕 거래가

161   구상도

인터폴에 걸려서 한국 빽으로는 빠져 나갈 수 없으니까 조직에서 엄마와 나에게 뒤집어 씌운 거예요. 경찰, 검사, 판사 모두 엄마와 내 말은 한 마디도 듣지 않고 지들이 짠 대로, 쓴 대로 나는 감옥 갔고 엄마는 억울하게 죽었다고요. 감옥에서 곰곰 생각해 보니까 조직에서 첨부터 그렇게 써먹으려고 월급 많이 주고 엄마와 저를 심었더라고요."

거짓말을 밥 먹듯 하는 영지를 누구보다 더 잘 아는 정옥이 혀를 끌끌 차며,

"우선, 밥부터 먹어라. 살이 그렇게 빠져서 무슨 힘으로 살겠냐. 우선 먹고 몸부터 추슬러라."

가게 구석에 앉아서 소주를 몇 잔 마신 영지의 얼굴에 금방 화색이 돌았다.

영지가 소주 한 병을 다 비웠을 때, 해군 부사관 정복을 차려 입은 정빈과 청바지를 입고 이젤을 등에 맨 유라가 들어왔다.

벌떡 일어난 영지가 정빈 앞을 가로 막아 서며 입을 헤벌리고 숨을 몰아쉬며 말했다.

"저, 정빈아. 세상에… 너 몰라보겠다. 세상에 이렇게

멋진 남자가 내 첫사랑이라니!"

"너, 어떻게 벌써 출소했냐."

"나 억울하게 감방 보낸 조직이 여론이 잠잠해지니까 꺼내 줬어."

정빈은 영지의 말을 뒷등으로 흘리며 말했다.

"너 몸이 많이 망가졌구나. 이제부터는 바로 살아라."

영지가 발끈했다.

"바로 살라고? 정빈이 너는 바로 살고 나는 잘못 살고 있다는 말이야? 웃기고 있네. 누가 너보고 바로 살고 있다고 하든? 꿈 깨. 너도 옷 벗으면 똑같은 수컷 잡놈, 짐승 새끼 일 뿐이야. 나? 너보다 열 배는 더 치열하게 살아내고 있어. 내 나름대로 원칙도 있고!"

정빈에게 과하게 쏘아 붙인 영지가 유라의 얼굴을 이리 저리 뜯어보고 말했다.

"유라 너, 얼굴 갈아엎었구나. 이렇게 만드는 데 얼마 들었냐?"

장 선장이 발끈 했다.

"유라는 처음부터 이 얼굴이었다. 네 심보가 비틀어져서 바로 보지 못했을 뿐이지."

"내 심보가 비틀어졌다고요? 아저씨 심보가 비틀어져

　　　　　　구상도

있으니까 제 심보가 비틀려 보이는 거죠!"

장 선장에게도 거침없이 쏘아 붙인 영지는 유라와 정빈의 손을 막무가내 잡아 끌었다.

"우리 술 한 잔 하면서 이야기 하자."

정옥이 중재를 했다.

"모둠회가 이제 나왔다. 셋이서 어른이 되어서는 처음 만나는 자리니까 한 잔 하고 헤어져라."

영지를 빨리 내보내고 싶은 정옥의 뜻을 간파한 정빈과 유라가 마지못해 자리에 앉자 영지가 술을 따라 주며 말했다.

"낮에 엄마 유골 뿌리러 명산도 개펄에 갔다 왔는데, 이제 보니까 질투도 욕심도 없었던 그때가 그렇게 나쁘지만은 않았다고 생각되더라."

"영지 너, 범죄자들이 교도소를 '학교'라고 한다더니 너 학교에서 공부해서 속이 들었나 보구나. 아직도 네 할아버지와 아버지가 살던 집과 개펄이 그대로 있으니까 모든 것을 내려놓고 돌아갈 수도 있지 않겠어? 개펄이 줄어 들어 자연산 낙지와 조개는 부르는 게 값이니까 충분히 살아갈 수 있을 거야."

영지는 안면을 찌그러트리며 정색을 했다.

"옛날에 그렇다는 말이지. 지금은 개펄로 돌아가느니 바다에 뛰어 들어 죽고 말겠어. 다시는 가고 싶지 않아!"

"엊그제 출소 했다면서? 그럼 어디서 살 거야?"

"별 단 장군인데 강남 가면 어서 옵쇼 할 곳 많아. 조직에서 알아서 모시는 몸이니까 내 걱정 붙들어 매고, 너나 걱정해. 너 제대 한 달 반 남았지?"

"네가 그걸 어떻게 알아?"

영지가 픽 웃으며 말을 보냈다.

"그것만 알겠냐. 2주 후에 전역 파티 한다는 것도 안다."

"해군에 스파이 심어놨냐?"

"너만 해군인줄 아냐. 너 고등 동창 중 해군 수병 지원한 애들도 많고 부사관 학교 출신도 많아. 걔들 대여섯이 나한테 정기적으로 네 동정 보고한다. 됐냐?"

"그 말을 믿으라는 거냐?"

"믿건 말건 그건 네 자유고, 나 너 제대 파티 할 때까지 여기서 몸 좀 만들어 갈란다. 아저씨, 그래도 되죠?"

정옥이 선을 그었다.

"밥은 먹여 주겠다만, 잠은 못 재워 준다."

장 선장도 못을 박았다.

"돈 없고 갈 데 없으면 네 애비와의 옛정을 생각해 내가 2주일 동안 모텔 빌려 줄 테니 허튼 짓 말고 기운 차리면 일자리 찾아 떠나거라."

다음날부터 영지는 화장을 하고 현산어보에 나왔다. 화장술이 늘었는지, 호박에 줄을 그었지만 제법 수박 같아 봐 줄만 했다.

공밥을 먹지 않겠다고 홀 서빙을 자처하고 나선 영지는 정빈을 찾아오는 해군들을 유독 친절하게 맞이하며 인사를 나누고 안면을 트더니, 틈틈이 자리에 앉아 술을 따라주고 술잔을 받기도 했다.

여차직하면 영지를 가게 밖으로 내던지려고 지켜보는 장 선장에게 정옥이 말했다.

"며칠 남지 않았으니까 사고만 치지 않으면 꼴 봐 줍시다. 따지고 보면 저애처럼 불쌍한 애가 어디 또 있겠어요. 오죽 의지하고 마음 붙일 곳이 없었으면 우리를 찾아왔겠어요."

일주일쯤 얌전히 서빙을 하며 단골들 낯을 익히던 영

지가 김 상사를 붙들고 아양을 떨며 술을 대접하더니 다음날 김 상사가 법무관 박진호를 영지에게 소개시켰다.

소개받은 당일에 김 상사와 박진호에게 술을 무차별 권한 영지는 2차를 쏜다며 만취한 둘을 데리고나갔다.

전역 파티 전날 장 선장이 정빈에게 주의를 주었다.

"정빈아. 영지가 감방에서 철 들었을 거란 생각은 일찌 감치 포기해라. 오죽하면 옛사람들이 강산은 바뀔지언정 사람의 본성은 바뀌기 힘들다고 했겠냐. 정빈아, 영지 저게 너와 유라를 보는 눈빛은 예전 그대로다."

"설마요."

"아니다. 예전보다 더 심해졌지만, 숨길 뿐이다. 너를 볼 때는 욕정의 불꽃이, 유라를 볼 때는 질투의 불꽃이 일어나더라. 조심해라!"

"걱정 마세요. 내일이면 끝납니다. 유라는 아르미타주 미술관을 다 보지 못해 항상 그립기도 하고 러시아의 리얼리즘을 본격적으로 연구하려고 레핀 아카데미에 청강 신청도 했답니다. 상트페테르부르크에 집을 구해 1년 정도 살다 올 계획인가 봐요. 저도 부산으로 가 세계일주 중인 크루즈 선 2급 항해사 면접 볼 겁니다. 한국인 승객이 많아서 한국인 항해사를 특채 한다고 합니다."

"대형 크루즈 선에는 최고의 안전 항해 장비가 실려 거의 자동 운항하니까 항해 실력보다도 인물 위주로 뽑는다던데, 내 아들이라서가 아니고 너 정도 인물이면 분명히 합격할 거야."

5. 그날

한 달 전부터 사발통문이 돌았고, 사회에 나가서도 의무관과 법무관과의 연줄을 놓지 않으려는 장교들과 부사관, 수병들까지 50여 명이 현산어보 2층에 모였다.

방안 가득 연이어 놓은 식탁 위에 온갖 산해진미가 곁들임으로 차려져 있고, 김 상사의 기획대로 주방장이 테이블에서 대물 참치 해체 퍼포먼스를 하고 있었다.

건배 잔이 오가고 모두들 군생활의 에피소드를 쏟아내며 와자지껄하는 와중에도 이 중위와 박 중위는 자꾸만 출입문을 돌아보았다.

김 상사가 정빈을 채근했다.

"유라 양, 틀림없이 온다고 했지?"

"네. 시간 맞춰 온다고 했으니까 기다립시다."

2층의 야단법석과는 달리 아래층은 조용했다. 정옥이 2층에 전념하기 위해 손님을 받지 않은 것이다.

파티에 참석하지 않고 아래층 구석에서 혼술을 하고 있는 영지에게 정옥이 물었다.

"왜? 2층에 올라가지 않고? 태반은 너와 술을 마신 사이잖아?"

"초대하지 않더라고요. 내가 아무리 궁해도 양아치는 아니죠. 혼술 하다가 파티 끝나면 정빈이랑 이별 주 한 잔하고 사라질 테니까 꼴 보기 싫어도 몇 시간만 참으세요."

18시 정각에 현산어보의 출입문이 열리고 유라가 들어왔다. 예전에 법무관 부모를 만나던 날처럼 쓰리 피스 정장을 갖춰 입고 있었다.

"아빠, 약속한 대로 축가만 불러주고 바로 내려와 아빠 술 따라드릴게요. 잠시만 기다리셔요."

영지가 2층으로 올라가는 유라의 등 뒤에 대고 독백했다. 뒤틀린 심사가 고스란히 담긴 말이었다.

"어떤 년은 반반한 낯짝 덕에 의사도 싫다, 판검사도 싫다 하는데 나라는 년은 못생긴 죄로 첫사랑 뱃놈 품에도 끝내 못 안기고 이별하는구나."

말을 뱉어 낸 영지가 습관적으로 주머니에서 담배와 라이터를 꺼내자, 정옥이 질겁했다.

"영지 너! 아무리 막간다고 아버지와 다름없는 어른 앞에서 담배를! 선장님이 불 싸대기 날리기 전에 당장 담배 내려놓지 못해!"

천방지축 영지도 장 선장은 무서운지 주춤 주춤 라이터와 담배를 테이블 위에 내려놓았다. 장 선장이 라이터를 집어 들어 살펴보고 물었다.

"이거 김 상사가 보물로 아끼는 해군마크가 금으로 새겨진 지포 라이터 아니냐. 이게 왜 너한테 있느냐."

"선물 받았죠! 이리 주세요!"

장 선장의 손에서 라이터를 채 가듯 가져간 영지는 출입문 앞으로 가며 보란 듯이 담배를 물고 불을 붙였다.

장 선장이 영지의 등 뒤에 대고 소리쳤다.

"너 그 문으로 다시는 들어오지 마라!"

영지가 뒤도 돌아보지 않고,

"걱정 마셔! 나도 이 문 밖으로 나가는 순간 당신네들과 끝이야!"

큰소리치며 출입문을 부서져라 닫고 나갔다.

2층 전체를 툭 터 만든 큰 방에 유라가 들어서자 우레같은 박수소리가 터져 나왔다. 누구를 위한 잔치인지 알 수 없었다.

쟁반만큼 큰 접시가 줄지어 놓여 있고, 주방장이 떠내는 참치의 각종 부위가 차례로 접시에 나뉘어 담겼다. 참치 회뿐 아니라 각종 밑반찬과 모둠 회 접시로 이미 테이블은 가득했다.

모두들 일찍부터 술을 마셔 불콰하게 술이 오른 얼굴이었다.

"제가 술을 한 잔씩 따라 드리겠습니다. 앞에 놓인 잔을 비우세요."
하며 유라가 술병을 들자, 장병들이 일제히 박수를 치며 환호했다.

그녀는 자리를 돌며 한 사람도 빠짐없이 잔을 채워주었다. 너나없이 처음 받아 보는 유라의 술에 손을 떨었다.

모두의 잔이 채워지자 유라는 잔을 들어 축하의 말을 했다. 아나운서처럼 또렷하고 고운 목소리였다.

"오늘 전역하는 모든 분들을 앞날에 무궁한 영광이 있기를 기원합니다. 부디 건강하시고, 예쁜 각시 만나 아들 딸 낳고 행복하게 사세요. 위하여!"

"위하여!"

한 목소리로 내지르는 '위하여' 소리가 부둣가를 흔들었다.

흔쾌히 잔을 비운 유라가 말을 이었다.

"약속대로 노래를 부르겠습니다. 우리 모두를 만나게 한 이 서쪽바다를 잊지 말자는 의미에서 돌아오라 소렌토로를 부르겠습니다."

유라는 초등학생처럼 두 손을 모아 잡고 다소곳이 좌중 앞에 섰다.

"죄송하지만, 박수 치지 마시고 젓가락 두드리지 마세요."

<아름다운 저 바다와 그리운 그 빛난 햇빛
내 맘 속에 잠시라도 떠날 때가 없도다.>

우리 말 번안 가사의 첫 소절이 끝나기도 전에 모두들 넋이 나가버렸다. 소프라노 가수의 라이브 공연에 다름 아니었다.

<돌아오라 이곳을 잊지 말고.

돌아오라, 소렌토로 돌아오라.>

유라는 우리말 가사 끝을 이어 다시 한 번 이탈리아어로 '토르나 아 소리엔토Torma a Surriento'를 완벽하게 불렀다.

유라의 노래가 끝나는 순간!

'쾅!'하는 어마어마한 굉음이 터졌다.

지진과 동시에 함포에 명중한 듯, 건물 전체가 흔들리며 모든 유리창이 깨졌다.

혼비백산한 사람들이 미처 사태를 인지하기도 전에!

"으악!"

하는 비명 소리와 함께 고함소리가 쏟아졌다.

"불이야! 불!"

"119! 119!"

"아이고! 이를 어째!"

곧이어 숨을 콱 막는 뜨거운 열기가 솟아올랐다.

폭발 순간 방바닥에 납작 엎드려 있던 김 상사가 주머

니에서 열쇠를 꺼내 흔들며 소리쳤다.

"비상구! 비상구 열쇠가 나에게 있다. 나를 따라 복도 끝으로 와라!"

호기롭게 외친 김 상사가 방문을 열어젖히자, 계단을 타고 올라온 거대한 불길이 복도로 달려들었다.

흡사 화염방사기를 쏘는 듯했다.

불길에 머리카락이 빠지직 타는 소리를 내자 김 상사는 반사적으로 문을 닫고 엉덩방아를 찧으며 바지에 오줌을 지렸다.

방범 창살이 덧씌워진 바깥쪽 창문으로도 불길이 넘실거렸다.

"불이야!"

소리쳐 본들,

"사람 살려!"

악을 써 본들,

시간이 구조를 허락하지 않았다.

50명 청춘의 죽음이 초 단위로 다가왔다.

이때 유라가 김 상사의 손에서 열쇠를 잡아채며 정빈에게 소리쳤다.

"정빈아 내가 문을 열 테니까 너는 사람들을 대피시
켜!."

그리고는 방문을 열고 불길 속으로 뛰어들었다.

"아, 안 돼!"

정빈이 소리치며 유라의 뒤를 따라 불 속으로 뛰어들
었다.

이미 불길에 휩싸인 유라가 비상구의 열쇠를 풀고 문
을 열었다. 정빈은 몸을 던져 복도 끝의 소화기를 잡아
들고 유라를 향해 분사를 해 유라의 옷에 붙은 불을 끄
고 유라를 문 밖으로 밀쳐 냈다.

그리고는 복도를 향해 소화분말을 분사하며 비명처럼
소리를 질렀다.

"비상구가 열렸다. 당장 나와라! 소화기가 꺼진다!"

장병들이 우르르 몰려나와 비상구로 뛰어들었다.

소화분말이 소진되자 정빈도 비상구로 몸을 날렸다.

2층에서 뛰어 내린 정빈은 자신의 옷에 붙은 불은 아
랑곳 하지 않고 옷에 붙은 불이 꺼지지 않은 채로 아스팔
트 바닥에 쓰러져 있는 유라를 안고 바다로 뛰어 들었다.

화학섬유가 녹아 자신과 유라의 피부에 붙어 타던 불

을 끈 정빈이 유라를 안고 물 밖으로 나왔다.

이때,
듣는 이의 심장을 부수는 소리가 바닷가를 울렸다.
결코 사람의 목에서 나올 수 없는 소리였다.
사람으로서는 차마 들을 수 없는 소리였다.
하늘과 바다를 갈가리 찢는 소리였다.

유라가 내지르는 고통의 비명 소리였다.

비명을 지른 유라는 정민의 품 안에서 혼절했다.
"유라야! 아, 안 돼! 유라야! 안 돼! 유라야!"
절규하던 정빈도 유라를 안은 채로 의식을 잃었다.

현산어보의 주방 프로판 가스 폭발 화재로 중상을 입고 현장에서 닥터 헬기로 서울 화상 전문 병원으로 후송된 사람은 네 사람이었다.

주방 앞에 있던 김정옥은 현장에서 폭발 충격으로 기절했고, 곧이어 화마가 정옥을 덮쳐 피할 수가 없었다. 수족관 앞에 앉아 있던 장영후는 수족관이 터지면서 쏟아진 물이 옷에 불이 붙는 것을 막아 주었지만, 쓰러진 아내를 불 속에서 끌고 나오며 얼굴과 손에 화상을 입었다.

유라는 불 속으로 뛰어든 순간에 이미 머리카락과 얼굴이 불에 타버렸고, 불이 붙은 화학 섬유가 녹아 피부 전체에 들어붙으며 불쏘시개가 되어 전신에 화상을 입었다.

정빈은 불 속으로 뛰어 들 때 물 수건으로 얼굴을 가렸지만, 미처 가리지 못한 얼굴 반쪽과 손에 불길이 닿았고, 유라와 불길 사이를 막아설 때 등 쪽의 옷에 불이 붙어 등판 전체에 화상을 입었다.

목포 권역 거점 병원 옥상에 있던 닥터 헬기가 곧바로 선창가로 날아왔다.

섬이 많은 지역 특성상 전라남도는 전국 최초로 닥터 헬기를 도입해 유인 도서 곳곳에 착륙장을 만들어 응급 환자를 목포의 거점 병원 옥상으로 후송하는 시스템을 구축해 큰 성과를 거두고 있었다.

헬기에는 구급구명 경력이 누적된 뛰어난 응급 팀이 탑승하고 있었다. 응급 팀은 의식을 잃은 정옥과 유라와 정빈에게 인공 심폐기를 달고 고통에 찬 환자의 무의식

적인 돌발 행동을 막기 위해 진통제와 취면제를 투여해
수면을 유도했다.

안면의 화상과 두 손의 화상이 부풀어 오르기 시작한
장 선장을 함께 태운 헬기는 시속 300킬로미터으로 서
울의 화상 전문 병원으로 직항했다.

의식을 잃지 않은 장 선장은 헬기 안에서 응급처지를
받았다.

헬기가 착륙하자 대기하고 있던 의료진이 정옥의 심폐
소생기를 제거하고 에크모를 달았다.

에크모ECMO는 혈액을 환자 몸에서 빼내어서 체외 산
화장치에서 산소를 혈액에 주입하고 혈액에 있는 이산
화탄소를 제거해 다시 환자 몸속으로 돌려보내는 장치
이다. 즉, 심장과 폐의 기능을 대신해 생명을 유지시키는
장치다.

정옥과 유라, 정빈은 신속하게 중환자실로 옮겨졌고,
장 선장은 전문의의 검진과 처치를 받고 통원 치료 판정
을 받았다.

장 선장 내외와 유라, 정빈 외에 입원이 필요할 정도의

부상이나 불길에 의해 외모가 손상된 사람은 없었다.

김 상사도 불길에 앞 머리카락이 약간 그을렸을 뿐 화상을 입지는 않았다. 그래도 모두들 약간의 유독 가스 흡입과 서로 먼저 나가려고 비상구에서 굴러 떨어지면서 입은 찰과상, 타박상, 미세 골절상의 정밀 검진을 위해 병원으로 후송되었다.

그날 현산어보에 있던 사람 중, 길 건너 주차장에서 담배를 피우던 영지만이 온전했다.

"김정옥 환자는 피부의 50퍼센트, 정유라 환자는 피부 40퍼센트에 3도 화상을 입었습니다. 피부 면적의 30퍼센트 이상에 3도 화상을 입을 경우 대부분 현장에서 사망하거나, 피부 호흡 상실로 수일 내 사망 합니다. 두 사람 모두 등과 가슴 복부에 화상을 입어 침대에 닿은 부분의 피부 괴사를 막고 약제 분사를 위해 공기를 분사해 피부와 매트 사이에 공기층을 형성하는 특수 에어 매트를 사용해야 합니다. 건강보험이 적용되지 않는 고가의 특수 병실 사용 승낙서에 서명해 주십시오. 장정빈 환자는 피부의 20퍼센트에 3도 화상을 입어, 깨어날 경우 견딜 수 없는 고통으로 무의식적인 과격한 행동을 하게 됩

니다. 따라서 피부가 재생되어 감염 위험과 고통이 줄어
들 때까지 2주일 이상 김정옥, 정유라 환자와 마찬가지
로 건강보험이 적용되지 않는 마약성 진통제와 취면제
를 투여하여 수면치료를 해야 합니다."

장 선장은 현대 의술이 할 수 있는 모든 처치를 비용에
상관없이 다해 달라고 담당의사는 물론 간호사들에게
까지 애원했다.

화상 중환자의 경우 열린 피부 면적이 커서 감염될 시
패혈증으로 사망하게 되므로, 무균 중환자실에 입원 중
인 화상 환자는 면회 절대 금지였다.

장 선장은 밤이면 병원 앞 모텔에서 잠을 자고 아침이
면 병원으로 출근을 해 일단 자신의 화상을 치료하고 드
레싱을 바꾸었다.

눈만 내놓고 머리 전체와 두 손을 붕대로 칭칭 감은,
장 선장 자신도 처참한 지경임에도 불구하고 혹시나 누
구라도 깨어날지 몰라 중환자실 복도의 쪽 의자에 하루
종일 앉아 기다리는 장 선장에게 10일 후 원무과에서
병원비 중간 결산을 요구했다.

건강보험이 적용되지 않는, 하루 사용료가 백만 원을 넘는 특수 에어 매트 무균 병실 2실 사용, 세 사람 모두에게 투여 중인 마약성 진통제, 취면제, 항생제, 영양수액, 전담 간호사 할증 등등…. 일주일 사이에 1억이 넘었다. 가진 돈의 거의 전부였으나 장 선장은 곧바로 원무과에 카드를 내놓았다.

"지급정지로 뜨는데. 다른 카드 없으세요?"

"무슨 말이요? 아침 식사도 결제했는데!"

직원이 다시 긁어 보더니 고개를 흔들었다.

곧바로 카드 회사로 전화를 했다. 장 선장은 자동응답 단계를 차례로 넘어가면서 폭발 할 것 같은 화를 겨우 참아냈다. 가까스로 통화가 된 콜센터 직원이 대답했다.

"카드와 신분증을 지참하고 가까운 지점을 방문하십시오."

병원 길 건너의 해당 은행 지점에서 현금을 인출한 적이 있어 장 선장은 무단 횡단으로 큰 길을 건너갔다.

신원 확인을 하고 서류에 서명까지 한 뒤에야 직원이 알려주었다.

"보험회사가 가압류했습니다. 보험회사로 연락해 보

세요."

현산어보와 양옆의 가게가 든 화재보험 회사였다. 또
다시 몇 단계를 거쳐 직원으로부터 이유를 들었다.

"현산어보에서 발생한 화재로 인하여 양측 두 가게가
전소되어, 보험금 지급 사유가 발생했으며, 지급될 보험
금은 화재의 원인 제공자에게 청구됩니다. 따라서 지급
될 보험금의 보전을 위해서 화재의 원인이 규명 될 때까
지 장영후의 동산, 부동산에 대한 긴급 가압류가 진행 중
입니다."

"아니! 나도 피해자요. 내 가게도 모두 타버리고 사람
까지 생사를 오가는데 이게 말이나 되는 짓이요!"

"불이 현산어보에서 시작되었습니다. 약관과 법률에
의한 적법한 절차로 압류되었으므로, 화재 원인 규명 후
진행될 법적 책임 소재 결과에 따라 주시기 바랍니다."

당장 1억이 필요한 장 선장에게 지갑에 들어 있는 오
만 원 권 몇 장이 지불 가능한 금액의 전부였다.

장 선장은 령자에게 전화를 걸었다.

"그렇지 않아도 우리 셋이 장 선장 만나러 열차 탔어.
세 시간 후면 병원에 도착할 거야."

병원에 도착한 령자 일행은 두 말 없이, 자신들이 모아 둔 돈으로 병원비를 중간 결산 했다.

"어차피 이 돈, 장 선장 거야. 아직 좀 남아 있으니까 이 카드로 우선 버티세."

세 선원은 처음으로 장 선장의 눈에서 흘러나오는 눈물을 보았다.

"환자를 살리려면 가족이 버텨야 해. 장 선장이 무너지면 가족이 모두 무너진다고! 힘 내. 그리고…, 우리가 급히 올라온 이유가 있어. 사고 수습 상황이 아주 좋지 않게 돌아가고 있어서, 아무래도 장 선장이 직접 나서야 할 거 같아. 장 선장이 여기 복도에 앉아 있어봐야 환자에게는 도움이 되지 않잖아. 어떻게든 사고를 수습해야 병원비를 내고 퇴원 후 살아갈 방도가 생기지 않겠어?"

인생의 선배인 령자가 장 선장을 설득했다.

하지만, 장 선장은 곧바로 현산어보로 내려갈 수 없었다.

그날 오후 김정옥이 사망한 것이다.

아내의 사망 통보를 받은 순간 넋이 나가고 얼이 빠져 의사 결정 능력을 상실한 장 선장을 대신해 령자가 장례를 진행했다.

장 선장과 김정옥이 서울에 아무런 연고가 없으므로 령자는 곧바로 정옥의 시신을 목포의 장례식장으로 옮겼다.

정옥의 장례에는 접객 도우미 10여 명을 더 불러야 할 정도로 조문객이 줄을 이었고, 아침부터 밤중까지 호곡이 끊이지 않았다.

심지어는 귀항 시까지 장례를 연장해 달라는, 바다에서 조업 중인 어부들의 요청으로 령자는 3일장을 5일장으로 늘려야 했다.

은행 적금만이 저금이 아니었다.

령자는 넘치는 조의금 함을 몇 번이나 비웠다.

정옥과 영후가 살아오면서 뿌려 놓은 인정과 의리의 씨앗이 열매로 돌아 온 것이었다.

정옥의 화장된 유골은 생전의 뜻에 따라 현산도의 윤은아 곁에 안장되었다.

장례가 진행되는 동안 내내 입을 다물고 밥을 먹지 않고 마른 눈물만 흘리는 장 선장이 혹여라도 나쁜 마음을 먹을까봐 영만과 성주가 스물 네 시간 좌우에서 밀착 보

그 날

호했다.

정옥을 안장하고 현산도에서 돌아오니, 조의금 외에 선주와 선장, 그리고 상인회 전체 회원과 구멍가게 주인들까지 십시일반 모은 격려금이 장 선장을 기다리고 있었다.

령자는 조의금과 격려금 모두를 현산호 공동 관리 계좌에 넣고 카드를 장 선장의 손에 쥐어 주며 통사정을 했다.

"장 선장! 마음 독하게 먹어! 그렇지 않으면 유라와 정빈이도 죽어! 그 아이들 죽일 거야!"

10일 가까이 음식을 넘기지 못하던 장 선장이 술병을 들어 소주 한 병을 병째로 단숨에 마셨다.

그리고 울었다.

피가 섞인 붉은 눈물이었다.

정호현의 주검 앞에서 흘리던 장영후의 붉은 눈물이 다시 그의 얼굴을 타고 흘러내렸다.

"호현아. 유라를 지키지 못했어. 내가 죽어서 너를 어떻게 만나냐."

령자가 함께 울면서도 장 선장을 달랬다.

"유라, 아직 살아있어. 우리가 희망을 버리면 유라도 죽어. 이 악물고 유라를 살려내자고!"

"형님! 불타버린 유라의 얼굴을 봤어요. 살아 난다해도 그 얼굴로 어떻게 이 세상을 살겠어요."

함께 있던 영만과 성주는 물론 다른 어부들과 상가 사람들도 함께 울어 선창가가 울음바다가 되었다.

어부들과 상인들의 의리와 인정, 보은과는 달리, 보험회사의 약관 집행과 화재의 책임에 대한 법집행은 가차없었다.

또한, 화재를 기다렸다는 듯이 일사분란하게 진행되는 일련의 사태는 충격에 충격을 더했다.

김 상사는 2층에 있던 모든 장병들의 동의서를 받아 법무관의 로펌에 피해 보상을 의뢰했고, 의무관의 아버지 이 원장은 구급차와 검진차를 몰고 와 장병들의 부상과 예상되는 후유장애를 부풀려 진단했다. 로펌에서는 전직 검사장 출신으로 전담팀을 꾸려 부풀려진 진단서를 근거로 엄청난 액수의 치료비와 합의금을 청구하고 비상구에 열쇠를 채워 개방하지 않은 장 선장을 소방법

위반으로 형사 고발했다. 해군은 병력 손실에 대한 보상과 처벌 소송을 제기했다.

국과수와 보험회사의 현장 감식은 철저했다. 모든 화재 잔해를 하나하나 촬영하고, 잿더미의 위치를 바둑판처럼 나누어 채로 쳐 재를 털어내고 못 대가리 하나까지 잔여물을 찾아 내 기록했다.

국과수는 화재 원점과 화인을 찾기 위해 감식했고, 보험회사는 청구된 화재 소실물의 진위를 가려 지급 금액을 삭감하기 위해 감식을 했다.

감식 결과 화재의 원점은 주방의 가스레인지, 화재 원인은 프로판 가스 누출로 밝혀져 장 선장에게 가스 점검을 소홀히 한 책임이 더해졌다.

어찌되었든 모든 책임은 현산어보의 주인인 장영후로 귀결되었다.

그뿐만이 아니었다.

군 수사관, 경찰, 보험회사 조사관이 화재 현장에 있던 50여 명을 개별 면담하여 진술을 받았는데 입을 짜 맞춘 듯 모두의 말이 거의 일치했다.

종합된 진술서는, 만약의 사태에 대비해 비상구의 열쇠를 미리 확보하고 머리카락을 불태우며 열쇠를 개방한 김 상사의 주도하에 법무관이 신속하게 장병들을 대피시키고 의무관이 현장에서 응급처지를 해 단 한 명의 병력 손실 없이 화재 현장 통제하고 인명을 구조했다는 영웅담이었다.

50여장의 진술서 어느 한 장에도 정유라와 장정빈의 이름은 없었다.

화재 현장은 전쟁터였고, 박진호와 이정수, 김주태는 전쟁 영웅이었고, 사령관은 전투를 승리로 이끈 지휘관이었다.

화재 후 불과 2주일 사이에 일사천리로 진행된 일에 장 선장보다도 령자가 더 분노했다.

"이대로 모든 것을 뒤집어 쓸 수는 없어!"

령자는 장 선장의 동의를 얻어 아들을 변호사로 선임해 법적 대응에 나섰다.

빈속에 술을 벌컥벌컥 들이 붓는 장 선장이 혹여나 잘못 될까봐 령자와 영만, 성주가 전전긍긍하는 차에 장 선장의 휴대폰이 울렸다. 발신자가 병원이었다.

장 선장이 떨리는 손으로 령자에게 전화기를 밀며 말했다.

"애들이 어찌 되었다는 전화 같아서 무서워서 못 받겠어."

"아냐! 좋은 소식일 수도 있어!"

령자가 휴대폰을 끌어당겨 테이블 가운데 놓고 과감하게 스피커를 켜고 말했다.

"장영후 전화입니다."

"장정빈 환자가 의식을 회복했습니다. 정유라 환자에게도 긍정적인 변화가 있습니다. 이제부터 환자의 용태 변화에 따른 시술과 투약이 진행되어야 하므로 보호자의 동의가 필요하고 병원비도 중간 결산해야 합니다."

흡사 자동차에 시동이 걸린 듯, 장 선장의 눈에 불이 켜졌다. 술병을 던지고 벌떡 일어나 무작정 뛰어나가려는 장 선장을 령자가 붙잡았다.

"영만아. 성주야. 장 선장 데리고 병원으로 가서 우리 카드로 뭐든 다 긁어라. 나는 여기서 변호사 아들과 뒷감당하마!"

정빈이 의식을 회복했다고 했지만, 면회는커녕 얼굴도

볼 수 없었다.

"장정빈 환자는 의식을 회복해 인공 심폐기를 제거했습니다만, 피부가 재생되는 고통과 가려움은 인간이 견딜 수 있는 인내의 한계를 초월합니다. 따라서 당분간 수면 치료를 계속해야 합니다. 당분간 무균 중환자실에서 치료를 받아야 하고요."

유라는 아직 깨어나지 못했고, 여전히 발가벗겨진 상태로 에어 매트에 누워 있었다.

"심장 기능이 정상을 찾아가고 호승구 수치도 올라가고 있습니다. 피부 괴사도 멈추어 예의 주시하고 있습니다. 예후를 속단할 수는 없지만, 매우 긍정적인 변화입니다."

또 다시 억 단위 병원비를 중간 결산했다.

장 선장은 얼굴과 손의 드레싱을 제거하고 항생제 투약을 멈추었다.

영만과 성주는 병원 인근에 투 룸을 월세로 빌려 장기전에 대비했다.

요리를 잘하는 영만이 식사를, 부지런한 성주가 빨래

와 청소를 담당했다. 희망을 가진 장 선장은 건강을 회복해 매일 두 아우와 함께 병원으로 출 퇴근했다.

그 사이에,

화재 현장에서의 영웅적 구조 활동으로 법무관 박진호, 의무관 이정수, 상사 김주태는 보국훈장 광복장을 받고 일 계급 특진했다.

광복장은 대과없이 30년 이상 군 생활을 한 직업 군인도 반 정도밖에 받을 수 없는, 국가안전보장에 뚜렷한 공을 세운 사람에게 주는 훈장이었다.

그런데, 불과 3년 복무한 법무관과 의무관, 이십년도 채 복무하지 않은 김 상사에게 서훈된 것이다. 훈장의 서훈과 함께 중위 전역 대상인 법무관과 의무관은 대위로 전역했고, 김 상사는 동기 중 최초로 준사관으로 승진했다.

서훈을 품신하고 추인한 사령관도 중장으로 승진했다. 있을 수 없는 파격이었으나, 부패와 비리가 만연한 군대에서는 불가능한 일이 아니었다. 쿠데타를 일으켜 대통령이 된 이들도 중장에서 삼 개월 만에 대장으로 셀프 승진하지 않았는가.

박진호에게는 향후 선거벽보에 '국가유공훈장 서훈자'라는 경력을 새겨 넣어 당락을 결정지을 수십 만 표를 획득할 수 있는 위업이었고, 이정수는, 위험을 무릅쓰고 수십 명의 인명을 구출한, '인술을 베푸는 어진 의사'라는 수십 억짜리 광고 카피를 얻었다.

김주태도 소원대로 헌병대 파견 근무를 끝내고 전공인 전탐분야 준사관, 사병의 스타로서 장성에 버금가는 영향력과 대우를 획득했다.

령자의 아들 문 변호사는 절대로 이길 수 없는, 달걀로 바위치기, 패소로 경력에 오점이 될 소송에 나서지 말라는 선후배들의 조언과 만류에 아랑곳하지 않고 거대 로펌에 당당히 맞섰다.

"화재의 최대 피해자인 정유라와 장정빈의 증언이 없는 재판은 무효다. 분명히 현장에서 함께 파티를 하고 화상을 입은 정유라와 장정빈이 병사들의 진술서에서 하나같이 사라진 것은 현역 군인이라는 특수 상황에 따른 명령 계통의 조작이 아니면 불가능하다. 정유라와 장정빈은 사망하지 않았고, 특히 장정빈은 머지않아 퇴원하여 현장 상황을 증언할 수 있다."

문 변호사는 끊임없이 새로운 증거와 판례를 들이대어 재판 진행을 늦추며 정빈의 퇴원과 유라의 회복을 기다렸다.

세상에는 나쁜 법조인만 있는 것이 아니었다. 문 변호사와 같은 정의롭고 용기 있는 변호사도 있었다.

유라와 정빈을 보살피는 의료진도 감동이었다. 그들의 헌신적인 노력이 없었다면 정빈과 유라는 벌써 사망했을 터였다. 돈보다 환자의 생명을 앞세우는 의료진에게 장 선장은 매일 감사 또 감사했다.

불이 난 지 한 달 만에 정빈은 일반 병실로 옮겨져 아버지와 만날 수 있었다.

정빈은 화상을 입은 등을 천정으로 향하고 엎드려 있다가, 장 선장이 들어서자 간호사의 도움을 받아 앉았다.

"어머니는요? 어머니는 왜 안 오셨어요?"

그 말을 듣는 순간 장 선장의 눈에서 솟아나는 눈물을 보고 놀란 다시 물었다.

"어머니는 어디 계셔요! 지금 제가 만나러 갈게요."

어차피 숨길 수 없는 일이었다.

"정빈아. 네 어머니는 돌아가셨다. 현산도에 모셨으니

퇴원하면 가 보거라."

"어머니가 돌아가셨다고요!"

"그래, 주방 앞에서 그 불길을 고스란히 받았어. 내가 끌어내어 헬기에 태워 여기까지 왔지만, 살려내지 못했어."

"주, 주방 앞에서요?"

"그래, 주방에서 프로판 가스가 폭발했단다."

정빈의 눈에서 솟아 흐르는 눈물을 장 선장이 오그라든 손으로 티슈를 뽑아 닦아 주었다.

간호사가 장 선장에게 말했다.

"환자에게 충격이 큽니다. 오늘 면회는 여기서 마치시죠."

정빈이 간호사에게 손사래를 치더니 장 선장의 손을 잡아 살펴보고, 얼굴의 화상 흉터를 만졌다.

"아버지도 많이 다치셨네요."

"이까짓 것은 데인 것도 아니다."

잠시 망설이던 정빈이 힘들게 말을 꺼냈다.

"유라, 유라는요?"

"여기 중환자실에 있다. 너보다 훨씬 심해서 아직까지 깨어나지 못하고 있다."

"중환자실이요? 어디죠?"

"가봐야 볼 수 없다. 나도 헬기에서 내린 이후 아직까지 못 봤다. 3도 화상이 피부 30퍼센트를 넘어 생존이 불가능한데도 아직까지 살아있는 게 기적이란다."

정빈은 말문을 닫고 한 달 사이에 20년은 늙어버린 아버지를 물끄러미 바라보았다.

예전의 당당했던 해적 두목은 사라지고 하얗게 센 머리카락과 굴레수염으로도 다 가리지 못한 얼굴의 화상 흉터, 화상으로 오그라들어 까치발이 되어 버린 두 손을 가진, 허리마저 구부정해진 노인이 눈앞에 있었다.

정빈은 깨달았다.

어머니가 돌아가시고, 아버지는 생업이 불가능할 정도로 장애를 입고, 유라마저 생사의 갈림길에 있는 지금. 자신이 이 가정을 이끌어나가야 할 가장이 되었다는 사실을.

다음 날, 정빈은 면회를 온 령자에게 화재 후 한 달 사이에 일어난 일들을 세세하게 물었다.

다음 날은 문 변호사가 사무장을 대동하고 서울까지

출장을 왔다.

일반 병실로 옮겨진 이후 하루가 다르게 기력을 회복한 정빈이 전담 간병인과 간호사에게 간청하여 휴게실로 나가 장 선장과 령자와 함께 문 변호사와 만났다.

문 변호사의 사무장이 휴대폰 동영상을 켜 모두의 육성으로 동의를 구한 다음 녹화를 진행했다.

"아무리 사소한 일이라도 기억나는 모든 것을 말하세요."

문 변호사의 말이 아닐지라도 그날 그 순간은 정빈의 뇌리에 새겨진 문신이었다.

"폭발 소리와 함께 모든 유리창이 터져 나가고 불길이 솟아오르자 방바닥에 납작 엎드려 있던 김 상사가 주머니에서 열쇠를 꺼내 들고 '비상구! 비상구 열쇠가 나에게 있다. 나를 따라 복도 끝으로 와라'소리치며…"

갑자기 장 선장이 아들의 말을 잘랐다.

"김 상사가 열쇠를 가지고 있었다고?"

"자, 잠깐만요. 일단 정빈씨 말을 끝까지 들읍시다."

문 변호사가 장 선장의 말을 막았다.

"김 상사가 열쇠를 흔들며 방문을 열었는네 불길이 달려들어 앞 머리카락을 태우자 엉덩방아를 찧으며 바지

그 날

에 오줌을 쌌는데, 유라가 그 열쇠를 잡아채 불구덩이 복도로 뛰어들었어요. 유라 뒤를 곧바로 따라 간 내가 복도 끝 소화기를 들어 온몸에 불이 붙은 채로 비상구 문을 여는 유라에게 소화 분말을 뿌리고 비상구 밖으로 밀어냈어요. 그리고 복도에 나머지 소화분말을 뿌리며 방 안에 대고 비상구로 탈출하라고 소리쳤고요. 소화 분말에 불길이 주춤한 순간 모두가 탈출했고, 나도 비상구에서 뛰어내려 옷에 붙은 불이 다 꺼지지 않은 유라를 안고 바다에 뛰어 들었고요."

정빈의 말이 끝나자 장 선장이 물었다.

"김 상사가 열쇠를 가지고 있었고, 비상구가 잠겨 있었다고?"

"네."

"아니야! 그날 내가 비상구 바깥에 쌓여 있던 소주 박스를 치우고 비상구 자물쇠를 풀어서 비상구가 바깥쪽으로 열리는 것을 확인한 다음 열쇠를 계산대 서랍에 넣어 두었어!"

정빈이 장 선장에게 뭐라 말을 하려는 것을 문 변호사가 다시 말렸다.

"그 순간에 장 선장님은 어디에 계셨습니까?"

장 선장이 아래층에서 있던 일을 이야기했다.

문 변호사가 침중한 얼굴, 침중한 목소리로 장 선장에게 물었다.

"영지씨가 지포 라이터를 가지고 있었다고요?"

"해군 마크를 금으로 새기고 심지를 길게 뽑아 불길을 크게 만든 김 상사 라이터가 틀림없었어. 담배에 불을 붙일 때마다 자랑스럽게 꺼내 긴 불꽃 끝으로 불을 붙였거든."

정빈도 말을 보탰다.

"저도 몇 번이나 보았습니다."

문 변호사가 집히는 바가 있는지 고개를 주억거린 후 말을 했다.

"비닐봉지가 살인 도구가 되듯이, 지포 라이터는 전쟁 무기입니다. 베트남 전쟁 때 무수한 마을들이 미군이 불을 켜 던진 지포 라이터로 태워졌거든요. 베트남인들에게는 공포의 무기, 악마의 물건이 지포 라이터였다는 증언도 있습니다."

정빈도 어느 한국영화에서 손을 떼면 불이 꺼지는 일회용 라이터를 던져 방화를 하는 장면을 보고 크게 웃은 적이 있었다. 일회용 라이터가 아닌 지포 라이터였다면 그렇게 비웃음을 사지 않았을 것이었다.

문 변호사가 사무장에게 말했다.

"사무장님. 국과수에 요청해 다운 받은 화재 현장 유류품 목록을 열어 주셔요."

사무장이 옆구리에 끼고 왔던 서류가방을 열어 노트북을 꺼내 문 변호사에게 주었다.

노트북을 스크롤하던 문 변호사 화면을 정지 시켜 정빈에게 밀었다.

현산어보 주방 내 잔존 유류품 목록 챕터의 3045번이었다.

-점화용 프린트 휠이 남아있는 지포 라이터 추정, 가로 35mm, 세로 45mm, 폭 12mm. 스테인리스 소재 물품.

"그, 그렇다면!"

장 선장이 신음처럼 내뱉는 말에 문 변호사가 고개를 저었다.

"화재 현장에 있던 사람 중 영지씨만 무사해 처음부터 의심하기는 했습니다만, 지포 라이터 잔해만으로는 방화범으로 단정 지을 수는 없습니다. 누구 것이 되었든 영지씨가 지포 라이터를 소지했다는 사실을 본 사람은 소천하신 사모님과 장 선장님뿐인데, 객관적 증거로 채택이 불가능합니다. 또한 그 라이터로 방화를 했다는 증거도 없고요. 섣불리 주장했다가는 틀림없이 로펌에 의해 증거 채택이 기각되고 거꾸로 장 선장님이 무고와 명예훼손으로 되치기 당할 겁니다. 마찬가지로 그 라이터가 김 상사 소유였다는 것을 증언할 사람도 정빈씨 혼자 뿐일겁니다."

"그렇다면 이대로 묻을 수밖에 없다는 거야"

"아닙니다. 그 지포 라이터로 로펌과 김 상사를 압박해 사기꾼도 울고 갈, 말도 되지 않는 배상금 청구를 철회하도록 할 겁니다."

"어떻게?"

"결정적인 증거물을 확보했다고 정보를 과장해 흘리겠습니다. 허튼 짓 계속하면 동반 자살하겠다고 말입니다."

"사실이라면, 배은망덕도 유분수지. 영만이 말대로 살모사를 키웠구나. 정빈아. 네 생각은 어떠냐."

"영지도 영지지만, 저는 어제 령자 큰아버지 말씀 듣고 큰 충격을 받아서 저녁내 곰곰이 생각했습니다."

그 날

"영지보다 더 큰 충격이 뭐냐."

"전우 50명 모두의 화재 현장 증언에 유라와 제가 빠졌다는 겁니다. 대부분, 해양대학 동기거나 함께 구축함을 탄 전우고, 서로 한 술자리에서 술을 마시지 않는 사람이 없고, 유라를 모르는 사람도 없고 그날 유라 노래에 발을 구르며 환호성을 질렀는데 왜 모두가 유라와 저를 지웠는지, 정말 큰 충격이었습니다. 깊이 생각할 것도 없이 결론은 뻔했습니다. 누군가가 각본을 써서 강요한 겁니다. 그런 일은 항거할 수 없는 힘이 당근으로 어르고 채찍으로 협박을 해야 가능한 일이 아니겠습니까. 대부분 가난해서, 국비 장학인 해양 대학에 진학했고, 가난해서 직업 군인이 되고자 부사관 입대를 한 친구들입니다. 그런 약점을 잡고 장래를 망치겠다고 채찍을 휘두르며 가난에서 벗어나게 해주겠다고 당근을 흔들었겠지요. 이런 상황에서 저와 유라가 진실을 밝혀 본들 정작 거짓을 강요한 윗선들은 빠져 나가고 친구들의 인생은 아주 절단나겠지요. 그래서…"

"그래서 어떤 결론을 내렸느냐?"

정빈이 말을 멈추고 물을 한 잔 마신 후 대답했다.

"아직은 밝힐 때가 아니라고, 진실이 반드시 착한 것만은 아니라고, 진실은 때론 잔인한 것이라고 결론을 내렸습니다. 지금은 유라를 살려내고 아버지를 모실 가정을 꾸리는 데 모든 힘을 모아야 하니 '두고 보자'이를 악물고 재활에 전념하기로 마음먹었습니다."

장 선장이 벌떡 일어나 아들을 꼬옥 껴안았다.

"내가 너를 잘못 키우지 않았구나."

령자도 정빈을 안아주었다.

문 변호사가 환한 미소를 지으며 말했다.

"제 변론이 결코 헛되지 않을 것 같아 크게 기쁩니다. 제가 변호사를 그만두는 한이 있더라도 절대로 물러서지 않겠습니다."

타고난 건강 체질과 불굴의 의지와 인내로 정빈의 몸은 놀라운 속도로 회복되어 2주일 후 퇴원할 수 있었다.

기실, 정빈이 퇴원을 서두른 저변에는, 경제적인 이유도 있었다.

현산호 공동 계좌의 돈이 언제 퇴원할지 모르는 유라의 치료비를 결산할 수 있을 지도 의문이었고, 소원대로 유라가 퇴원해도, 당장 비를 가릴 집이 없을 뿐 아니라, 노동 능력을 상실한 장 선장이 유라를 부양할 수도 없을

그 날

터였다.

정빈은 유라를 아버지에게 맡기고 목포로 내려가 령자
와 현산호를 타고 현산도에 들어가 어머니의 묘소 앞에
서 참았던 눈물을 쏟으며 오열했다.

"어머니. 어머니를 지키지 못한 이 못난 아들이 왔습니
다. 죄송합니다. 세상에 어머니가 돌아가시다니요! 어머
니!"

손등으로 눈물을 훔치며 정빈은 유라의 부모에게도 다
짐했다.

"절대로! 절대로! 유라를 포기하지 않겠습니다. 제가
유라를 지키도록 도와주십시오."

목포로 돌아온 정빈은, 각오는 했지만, 잠잘 집조차 없
는 현실에 더욱더 마음을 다져 먹어야 했다.

크루즈 승선의 꿈은 포기해야 했다.

등판 전체의 무서운 화상 흉터는 옷으로 가린다고 해
도 얼굴과 손등, 그리고, 뭉개진 귀 등은 가릴 수 없었다.

크루즈 선 항해사의 꿈은 접어야 했지만, 취업에 어려

움은 없었다. 정빈은 선배들의 주선으로 어렵지 않게 수에즈맥스급 중형 유조선 항해사로 취업했다.

유조선의 급여는 연봉 계약에 따른 고정급으로 매달 월급이 계좌 이체 되어 장 선장이 본국에서 찾아 쓸 수 있었다.

유조선은 일반 항구에 입항하지 않고 유조선 전용 돌핀형 부두를 오가기 때문에 계약기간 내내 땅을 밟지 않아, 유흥이나 관광의 유혹에서 벗어 날 수 있어 그만큼 돈을 아낄 수 있었다.

또한, 일반 상선의 운행과는 전혀 다른 유조선 내에서의 각종 업무를 수행하기 위해서는 끊임없는 학습과 수련이 필요했다. 다국적 선원들과의 의사소통을 위해 영어를 비롯한 다양한 언어를 익혀야 했다.

정빈은 시간 나는 대로 인터넷에서 다운로드한 전자책을 읽으며 외로움을 달래고 헬스 시설을 규칙적으로 이용해 몸을 관리해 유조선에서 누릴 수 있는 모든 것을 누렸다.

열 달이 지났을 때 장 선장이 위성전화를 통해 유라를

퇴원시킨다는 반가운 소식을 전했다.

정빈은 즉각 령자에게 전화를 해 병원비 결산과 아버지와 유라의 거처를 물었다. 령자는 솔직하게 계좌를 톡 털어 병원비를 낸 장 선장과 유라의 거처를 마련할 수 없어 일단 아들 문 변호사가 마련해 준 자신의 집으로 데리고 간다고 말해 주었다.

두 달 후, 승선 계약이 만료되었을 때 선주 회사는 정빈이 재계약한다면 한국까지의 왕복 항공료와 함께 연봉을 올려주겠다고 제의했다. 거절할 이유가 없었다.

정빈이 보낸 항공료와 재계약 선수금으로 장 선장이 유라와 살 투 룸에 세 들었다는 소식은 정빈으로 하여금 외로움을 웃으며 견디게 하는 힘과 의지의 원동력이 되었다.

정빈은 아버지를 닮아 얼굴에 수염이 많았다.

선상 생활인만큼 이발이 쉽지 않았고, 또 얼굴의 흉터와 일그러진 귀를 가리기 위해 정빈은 수염과 머리카락을 길러 몇 개월 되지 않아 국적불명의 털북숭이가 되었다.

몇 개월 후,

정빈의 봉급은, 아직도 끝나지 않고 진행 중인 민사 소송 비용과 이미 선고가 되어 어쩔 수 없이 갚아야 하는 벌금과 추징금 분납으로 소진되고 있어서 유라와 장 선장이 생계를 위해 선창가 구멍가게를 빌려 실내 포차를 개업했다고 령자가 알려주었다.

문 변호사의 끈질긴 투쟁으로 로펌에서는 청구 금액 절반으로 합의를 보자며 한 걸음 물러섰다. 법조계에서는 그 정도만 해도 문 변호사의 승리라고 그 선에서 멈추어야 한다고 조언했다. 하지만, 절반이라고 해도 10억이 넘었고, 남은 벌금도 수억이었다.

문 변호사는 이 시점에서 차라리 장 선장이 파산을 신청하는 것이 빚에서 벗어나는 길이라고 판단했다.

그러나, 파산이란 장 선장의 자존심을 떠나 생존의지를 꺾는 삶에 대한 패배를 의미하는 것이라는 것을 잘 아는 령자는 섣불리 말을 꺼낼 수 없었다.

령자는 칠십을 넘긴 고령으로 장 선장을 더 이상 보필할 수 없고 문 변호사도 더 이상 할 수 있는 일이 없어서, 이제는 정빈이 귀국해서 장 선장과 유라의 울타리가 되어야한다고 귀국을 종용했다.

6. 귀항

인구가 줄어들고, 어족 자원이 고갈되어 어획고가 갈수록 줄어가는 남도의 항구는 예전처럼 활기차지 않았다.

사람도, 차도 줄어들었고, 몇 년씩 차례를 대도 들어갈 수 없었던 선창가 상가에도 문 닫은 가게가 즐비했다.

장 선장과 유라가 생계를 위해 다시 문을 연 '현산어보'는 한산해진 선창가에서도 단골이 아니면 찾아갈 수 없을 만큼 더 구석진 곳에 있었다.

예전 가게의 10분의 1도 되지 않는, 탁자가 대 여섯 개인 구멍가게 선술집에 불과했다.

가게 앞 유리창을 대신하는 조그만 수족관에는 손바닥 크기의 작은 활어 몇 마리가 들어 있었고 가게 앞에 놓인 고무 대야 속에는 낙지 서너 마리가 죽은 듯이 누워 있었다.

흉터를 가리기 위해 수염을 깎지 않고 배에서 입던 옷

을 빨아서 그대로 입고 온 정빈은 가게 출입문 앞에 플라스틱 의자를 놓고 앉아 졸고 있는 아버지를 보고 깜짝 놀랐다. 2년 사이에 머리카락이 온통 백발이 되었고 그토록 멋있던 굴레 수염마저 쥐가 파먹은 듯 들쭉날쭉 지저분했다. 입고 있는 옷도 남루하기 짝이 없어서 소주병이 굴러다니고 있는 의자 앞에 깡통이 놓여 있다면 지나가던 사람이 돈을 던져 넣고도 남을 행색이었다.

정빈은 선뜻 아버지에게 다가지 못하고 유리창 너머로 가게 안을 들여다보았다.

부둣가 하역 노동자 일행처럼 보이는 손님 넷이 탁자 위에 빈 술병을 줄줄이 세워 왁자지껄 술을 마시고 있었고, 하얀 요리사 모자를 푹 눌러 쓰고 커다란 마스크로 얼굴을 가리고 하얀 목장갑을 낀 유라가 탁자에 회가 담긴 접시를 내려놓고 있었다.

억장이 무너진 정빈은 아버지 앞을 그냥 지나쳐 가게 문을 열고 들어가 구석진 자리에 털썩 주저앉았다.

정빈을 알아보지 못한 유라가 물 컵을 가져와,

"혼자 오셨어요?"

하고 물으며 출입구 쪽에 세워 놓은 작은 칠판을 가리켰다.

\<오늘의 활어>

광어

도다리

우럭.

정빈이 손가락으로 맨 위에 적힌 광어를 가리키자 유라가,

"혼자 드실 만큼 작은 걸로 잡겠습니다."

하고 뜰채를 가지고가 고기를 건져 주방으로 들어갔다.

정빈은 냉장고에서 소주를 꺼내와 물 컵에 가득 따라 단숨에 비워 버리고 다시 물 컵을 채워 다시 한 입에 마셨다. 소주 한 병을 맨입으로 마시고 눈물을 보이지 않으려고 숨을 몰아쉬며 감정을 다스렸다.

가까스로 마음을 가라앉힌 정빈이 밖으로 나가 아버지를 모셔 오려는 하는 차에 큰 소리로 떠들며 술을 마시는 술꾼들의 대화 내용이 심상치 않아, 귀를 기우렸다.

"니들 소문 들어 알고 있지? 주방 여자가 전국적으로 소문 난 미인이었다는 거?"

"알아. 나도 그때 봤지. 얼마나 도도하고 건방지고 잘난 체를 하던지 우리 같은 사람들은 길바닥에 껌딱지로

여기고 눈길도 주지 않았었지."

"에이, 말 같잖은 소리 하지마라. 그렇게 이쁜 여자가
왜 지금은 마스크를 쓰고 이런데서 서빙을 하고 있는 거
야?"

"2년 전에 화상을 입어서 괴물이 되었다는 거야. 그래
서 그 후로 얼굴을 본 사람이 아무도 없어."

"그럼, 우리가 괴물이 만든 음식을 먹고 있다는 거야?"

"글쎄. 나도 얼굴을 보지 않아서 진짜 괴물인지는 몰
라."

"나는 궁금한 거 못 참아. 어이! 아줌마! 여기 매운탕
빨리 줘!"

"지금 가져갑니다."

유라가 매운탕 냄비를 조심스럽게 들고 오자, 매운탕
을 부른 사내가 갑자기 유라의 마스크를 잡아챘다.

그리고는,

"으악!"

소리를 지르며 의자에서 굴러 떨어졌다.

눈썹도 코도, 입술도, 귀도 지워진, 덧대어 붙인 피부
가 누더기처럼 덕지덕지 붙어있는, 마음 약한 사람은 심

장이 멈출 것 같은 모습이었다.

"으악! 괴물이다. 세상에 괴물이 만든 음식을 파는 거야!"

한 놈이 소주잔을 유라의 얼굴에 뿌리고 한 놈은 반찬 콩나물을 집어 던졌다. 또 한 놈은 물수건을 던졌다.

정빈은 놀라 바닥에 주저앉은 놈의 머리통을 발로 밟고 몸을 날려 돌려차기로 두 놈을 동시에 쓰러뜨리고 나머지 한 놈의 면상에 주먹을 날렸다. 네 놈이 테이블을 쓰러뜨리며 바닥에 굴렀다.

무슨 일인지 놈들이 상황 파악을 할 새도 없이 정빈은 놈들의 멱살 잡아 일으켜 얼굴에 돌주먹을 서너 대씩 먹였다. 코가 부러지고 이빨이 깨지고 입술이 찢어져 피투성이가 된 네 놈이 사람 살려라 악을 쓰며 가게 밖으로 엉금엉금 기어 나가 도망갔다.

정빈이 놈들을 큰 길까지 뒤쫓자 놈들은 죽을힘을 다해 뛰어 부둣가의 파출소로 도망쳤다.

정빈은 현산어보로 돌아가지 않고 이발소를 찾아가 단정하게 이발을 하고 면도를 깔끔하게 한 다음 시내로 들어가 새 옷을 사 입고 마스크로 얼굴의 흉터를 가린 다음 현산어보로 갔다.

현산어보 앞에 부서진 테이블과 의자가 나와 있었고, 가게 안에서는 경찰 둘이 마스크를 쓴 유라와 장 선장에게 진술을 받고 있었다.

"폭행한 사람이 누구요?"

장 선장이 술이 덜 깬 목소리로 거칠게 대답했다.

"술 취한 놈들끼리 치고 박았는데 우리가 그놈을 어떻게 알겠어?"

"처음 온 사람입니까?"

유라가 대답했다.

"먼저 온 사람들은 가게에 몇 번 온 부둣가 하역 인부들이고요. 나중에 온 사람은 처음 본 사람입니다."

"어떻게 싸움이 시작된 겁니까."

"하도나 순식간에 일어난 일이라서 저도 어떻게 된 영문인지 모릅니다."

유라는 놈들이 마스크를 벗겼다는 말을 하지 않았다.

장 선장이 경찰들을 꾸짖듯 말했다.

"언놈이 때리고 언놈이 맞았는지는 내 알 바가 아니고, 내 가게 부서진 거 변상부터 받아줘! 테이블 두 개, 의자,

냉장고 다 부서져 당장 오늘 저녁 장사부터 못하잖아!"

유라가 경찰에게 침착하게 말했다.

"더 이상 할 이야기가 없으니까 가게 치우고 나머지 테이블에라도 손님 받아 장사할 수 있도록 돌아가세요."

경찰들이 나가자 정빈은 가게로 들어가 마스크를 벗고 아버지 앞에 넙죽 엎드려 큰절을 했다.

"아버지. 절 받으세요."

장 선장은 가게 바닥에 무릎을 꿇고 큰절을 올리는 정빈을 어리둥절한 눈으로 내려 보다가, 의자에서 정빈 앞으로 쓰러지듯 내려앉았다.

"정빈아! 정빈아. 내 새끼 정빈이 왔구나.

장 선장은 정빈을 안고 꺼이꺼이 소리 내어 울었다.

정빈은 아버지를 가슴에 안고 유라를 돌아보았다. 유라는 놀라지 않았다.

"아까, 그놈들을 때릴 때 네 주먹을 보고 넌 줄 알았어."

장 선장이 눈물을 손등으로 훔치며 유라에게 말했다.

"가게 문 닫고 수족관 물고기 다 건져 정빈이 환영 파티하자. 령자 형님과 영만이와 성주도 부르자."

장 선장이 휴대폰을 들고 스피커를 켜며 말했다.

"그날 이후 귀가 시원치 않아."

령자가 폰을 받았다.

"형님, 정빈이가 왔습니다."

"뭐라고? 정빈이가! 그렇지 않아도 영만이와 성주 데리고 자네와 술 한 잔 하려고 가는 중이야."

1분도 채 되지 않아 가게 문이 열리고 세 사람이 들어왔다. 정빈은 그들에게도 큰절을 했다.

유라가 밑반찬과 급한대로 썰어 낸 회를 가져왔다.

"우선 한 잔 하시라고 작은 도다리 뼈째 썰어 왔어요. 잠깐만 기다리시면 제대로 상을 차릴게요."

주방으로 들어가는 유라를 보며 장 선장이 한숨을 섞어 말했다.

"이게 무슨 운명이냐! 유라 엄마는 너무 예뻐서 얼굴을 가려야 했는데, 딸은 너무 무서워 얼굴을 가려야 하다니!"

음식 솜씨가 있고 회도 잘 뜨는 영만이 주방으로 가 유라를 도와 금세 탁자 한 가득 술과 안주가 차려졌다.

"이만하면 되었으니 유라 너도 앉아서 술 잔 받아라."

유라가 장 선장의 옆, 정빈의 앞자리에 앉자 령자가 잔을 채웠다. 유라가 술잔을 받고 마스크를 벗었다.

"정빈아. 아빠와 령자 큰아빠, 작은아빠들 하고는 저녁마다 마스크 벗은 나와 술을 마신다. 하지만, 정빈이 네가 내 얼굴 보기 힘들면 마스크 쓸게. 얼굴의 진피 세포까지 화상을 입어 피부가 재생되지 않았어. 그래도 의료진의 헌신적이며 끈질긴 피부 이식과 박피, 흉터 제거 시술로 이나마 피부가 매끄럽게 되었어. 처음에는 울퉁불퉁해서 진짜 끔찍했어."

정빈은 유라의 눈을 보았다.

흉이 온 얼굴에 졌어도 유라의 총기어린 눈빛만은 그대로 였다.

그 눈동자에는 지혜의 빛이, 인내의 빛이, 초탈의 빛이, 정열의 빛이, 포용의 빛이, 용서의 빛이 들어 있었다.

정빈은 유라의 눈 속에서 유라의 옛 모습을 보았다. 그리고 유라의 눈에서 빠져 나와 유라의 얼굴을 보았다.

불에 탄 유라의 얼굴은 그곳에 없었다. 불이 나기 전의 정유라가 정빈의 눈앞에 있었다.

"유라야. 얼굴 보여줘서 정말 고마워. 세상에 너처럼 용감한 사람은 남녀를 통 틀어 너 뿐 일거야."

"용감? 용감한 것은 내가 아니라 여기 계신 아빠들이야. 나는 거울을 보지 않으면 내 얼굴 볼일 없지만, 아빠들은 내 얼굴 보며 술과 밥을 드시면서도, 단 한 순간도 싫은 내색을 하신 적이 없으시거든! 장정빈! 내가 얼굴 피부 1밀리미터가 망가졌다고 좌절할 줄 알았냐? 나는 죽음 앞에서도 당당한 용기를 지녔던 정약종 선조와 평생에 걸친 유배 생활에서도 꺾이지 않은 불굴의 의지를 지니셨던 약전, 약용 선조들의 유전자를 지닌 혈족이야. 그런데 얼굴 좀 망가졌다고 무너질 줄 알았냐? 내 어머니는 예쁜 얼굴을 평생 가리고 다니셨는데, 얼마나 벗고 싶으셨겠어? 내가 무서워진 내 얼굴을 사람들 앞에서 가려주는 것은 오히려 내게 평온을 주는데 어려울 게 뭐냐."

"유라야. 내 눈에는 정말로 눈 속의 너 밖에 보이지 않아. 아버지께서 늘 말씀하셨지. 네 어머니 윤은아씨는 세상에 와서는 안 될 천사였다고. 지금 네 눈 속에는 그 천사가 들어있어. 우리 영감님들 샘나게 러브 샷 한 번하자."

유라와 팔을 걸어 러브 샷을 한 정빈은 눈에 힘을 주어 유라의 눈을 쏘아보며 단어 하나하나 또박 또박 새기듯 말했다.

"유라야, 우리는 가족이야. 그러니까 가장인 내가 너를 부양하고 보살피며, 네 얼굴 지켜줄게."

'쨍그랑!' 장 선장이 놓친 술잔이 바닥에 떨어져 깨졌다.
장 선장이 떨리는 목소리로 말했다

"정빈이 네가 어떻게 그 말을! 세상에! 유라야. 지금 정빈이가 너희들이 태어나기 10년 전에 네 엄마 윤은아 에게 네 생부 정호현이 했던 말을 그대로 했어."

유라의 눈에서 눈물이 주르르 흘러 내렸다. 불탄 얼굴을 거울로 처음 보고도 울지 않았던 유라였다.

다음 날, 정빈은 해외 출국 사유로 장기 정지 시켜 두었던 휴대폰을 살리고 낚싯배 현산호를 살펴보았다. 현산호는 나무랄 데 없이 관리되어 있었다.
령자가 말했다.

"내 나이 칠십이 넘었고, 뱃일로 골병이 들어 더 이상 이 배를 거둘 수 없다. 나 없으면 술에 절어 사는 영만이 와 성주도 이 배 관리 못한다. 이제 네가 가져가렴."

"무슨 말씀이셔요. 그냥 이대로 필요한 대로 씁시다.

관리는 제가 할게요."

"그래. 네 편할 대로 해라. 어제 저녁에 오늘 유라 태우고 모두 현산도 가기로 했지? 오늘은 네가 타륜 잡아 봐."

현산도는 변함없이 아름다웠다.

수 십 번 보고 또 보아도 현산도는 바다 속에 솟아 오른 신기루였다.

숨을 죽이고, 가슴을 조이며 보아야 할, 지구상 그 어느 곳과도 비견할 수 없을 자연의 걸작이었다.

좁은 바닥에 높이 지어진 마천루처럼 거대한 바위기둥이 바다 위에 우뚝 서 있었다.

하얗게 부서지는 파도가 검은 바위 절벽 아래를 빙 두르고 있어서 마치 검은 초콜릿 케이크의 크림 장식 같았다.

유라는 부모의 묘소에 생존 보고를 하고, 정빈은 어머니께 귀국 보고를 했다.

"유라야. 사실은 이 년 전에 출국하기 전에 여기 와서 네 부모님께 너를 절대로 포기하지 않겠다고 맹세했었어. 그 맹세를 지킬 수 있도록 도와줘."

유라가 주머니에서 오카리나를 꺼내 연주했다.

참 오랜만에 듣는 유라의 연주였다.

유라의 연주에는 유라의 눈동자가 그대로 들어있었다.
희로애락이 엉킨 듯 앞서거니, 뒤서거니 흐르다가 평화
와 해탈로 승화되는 천상의 연주였다.

정빈은 처음으로 유라의 연주를 가지고 싶다는 욕망을
품었다. 그것은 유라에 대한 연정이었다.

현산어보로 귀항해 다 함께 저녁을 먹으려는데, 정빈
의 휴대폰에 모르는 번호로 문자가 찍혔다.

'김영지야. 5분 후에 전화 할 테니까 받아.'

순식간에 분노가 쏟아내는 노르아드레날린이 정빈을
지배했다.

정빈은 부들부들 떨리는 손으로 휴대폰을 쥐고 가게
밖으로 나와 바닷가 구석으로 가 심호흡을 하며, '침착하
자, 침착하자!'를 되풀이 하며 영지의 전화를 기다렸다.

휴대폰이 울렸다.

정빈은 대뜸 말을 쏘았다.

"김영지. 너 지금 어디야! 내가 지금 너한테 갈 테니까 꼼짝 말고 기다려라!"

"응, 그렇지 않아도 너 오라고 전화했어. 잘 들어. 이 폰, 이 전화를 끝으로 부셔버릴 대포폰이야. 그래서 다시 물어 볼 수 없으니까 잘 들어. 일주일 후 10월 29일. 밤 12시에서 1시까지 북위34도, 동경125도. 가거도와 중국 사이 공해상. 중국 선적 어획물 운반선 해룡호. 갑판 수은등 사이에 나트륨 등 하나. 일시와 좌표는 문자로 보내줄게."

"뭐라고? 중국에서 밀입국을 하는데 나보고 데리러 오라고? 네가 무슨 짓을 하는지 모르지만, 나는 네 범죄를 도와줄 생각 없다!"

"나를 위해서 오라는 거 아냐. 너와 유라, 아저씨를 위해서 목숨을 걸고 모험을 하는 거야!"

"네 거짓말, 더 이상 안 통한다."

"네가 나 데리러 오지 않으면, 너는 물론 유라와 아저씨도 죽어."

"뭐라고! 네 까짓 게 이제는 협박까지! 우리가 죽음이 두려워 네 범죄의 하수인이 될 줄 아느냐! 어림없는 수작 하지 마."

"네가 그럴 줄 알았다. 하지만 너는 나를 데리러 올 수밖에 없어. 정빈이 너, 그날의 진실을 알고 싶지? 왜 그 일이 일어났는지 알고 싶지? 그러니까 나 데리러 와, 만나서 다 이야기 해 줄게."

영지가 지시한 날 하루 전에 정빈은 현산호의 연료 탱크를 가득 채우고, 드럼통 다섯 개를 실어 기름을 가득 담았다. 1천킬로미터를 항해할 수 있는 연료였다. 목포에서 가거도 까지 직선거리 150킬로미터, 가거도에서 좌표까지 직선거리 80킬로미터, 합하여 230킬로미터, 왕복 460킬로미터였지만, 물때와 바람에 따라 실제 항해할 거리와 연료는 두 배가 될 터였다. 현산호는 최고 속도 20노트로 소형 낚싯배로서는 무척 빠른 편이었지만, 육지 속도로는 시속 37킬로미터에 불과했다. 엔진을 혹사시키며 죽을 힘을 다해 직진 왕복한다고 해도 12시간 이상을 달려야 할 거리지만 바다의 실전에서는 두 배 이상 항해할 준비와 각오를 해야 했다.

정빈은 목적지를 가거도 해상으로 출항신고를 하고 일단 현산호를 몰고 가거도로 가 밤이 되기를 기다렸다.
배의 속도와 바람과 해류의 방향을 복합적으로 계산해

야 했다. 더구나 밤바다를 무턱대고 항해하다가는 필경
에는 공해에 나가기도 전에 해군 혹은 해경에게 추적당
할게 뻔했다.

더구나, 가거도 바깥은 현산호와 같은 작은 배로는 갈
수 없는 큰 바다였다. 그래도 정빈은 바람이 불기를 빌었
다. 위험하기는 해도 파도가 일면 작은 배는 레이더가 잡
아내기 힘들 것이었다.

해가 지자 정빈은 영지가 왜 오늘을 택했는지 알게 되
었다. 음력 시월 초하루. 달빛이 없는 무월광, 칠흑 같은
밤이었다.

저녁 일곱 시 쯤 정빈은 배의 모든 불을 끄고 엔진에
시동을 걸어 조심스럽게 현산호를 가거도 포구 밖으로
슬금슬금 끌고 나가 정 서쪽으로 선수를 돌렸다.

정빈의 바람대로 바람이 일어 파도가 거칠었다. 정빈
은 표류 하듯 배를 지그재그로 몰아 파도 사이사이에 숨
어 가며, 레이더에 떠오르는 인천으로 올라가는 대형 화
물선들을 피해가며, GPS로 현재 위치를 확인해가며, 공
해로 접근했다. 그리곤 밤 열 시가 되자 냅다 속력을 내
공해로 내 달았다.

현산호처럼 작고 가벼운 배로는 해서는 안 되는 위험

한 항해였다. 대해의 파도는 크기부터 달라서 물보라가 좌 우현을 넘나들고 가끔씩 배 전체가 공중으로 들렸다가 떨어지기도 했다. 죽을 고비가 분 단위로 찾아 드는 미친 짓이었다. 황천荒天항해! 거친 날씨 속의 야간 항해야말로 곧바로 황천黃泉으로 가는 지름길에 다름 아니었다. 더구나 그 항로에는 인천으로 올라가는 대형 상선들이 지천이었다. 바다에서 가장 무서운 것은 파도나 바람이 아니라 다른 배인 것이다. 현산호 같은 조무래기 배쯤이야 상선이나 유조선, 트롤 어선 같은 큰 배에 스치기만 해도 산산조각이 나 흔적도 없이 가라앉을 것이었다.

하지만, 정빈은 항해등도 끄고, 선교등도 모조리 꺼버렸다. 눈빛을 돋워 푸르게 빛나는 레이더 화면만을 들여다보며 무작정 서쪽으로, 서쪽으로 배를 몰았다.

마침내, 밤 열두 시를 조금 넘긴 시각에 영지가 지정한 곳에 당도했다. 예상과는 달리 거친 파도에도 불구하고 밤바다에 어로작업등이 찬란했다. 사리 물에 고기를 잡으러 나온 중국, 한국, 일본 어선이 뒤섞여 휘황했다.

정빈은 영지가 본능적으로 물때를 잡는 '조금새끼'라는 사실을 다시금 깨달았다.

조금새끼는 어부의 자식들을 비하하는 말이었다. 물살이 세어 고기가 잘 잡히는 사리 때 바다에 나갔다가 물살이 죽는 조금 때에 들어와 잉태시킨 아이라는 것이다. 정빈은 어렸을 적부터 수태 조금새끼라는 말을 들었지만, 정빈은 그때에도 어부의 아들이라는 사실이 부끄럽지 않았었다. 정빈에게 있어서 어부는 언제나 강하고 용감한 사람들이었다. 영지는 어부의 딸에 더하여 할머니와 개펄에서 조개와 낙지를 잡으며 유년 시절을 보냈다. 개펄 채취는 어부보다도 물때를 더 잘 알아야 가능한 일이었다.

어선들은 그물이 엉키지 않도록 서로 상당한 간격을 두고 작업을 하기 때문에 정빈은 그 사이를 멀찌감치 돌아다니며 해룡호를 찾았다. 파도를 타고 오르락내리락 깜박거리는 어선단에서 떨어져 홀로 떠있는 배를 발견한 정빈은 그쪽으로 다가갔다. 푸른 수은등 사이에 붉은 나트륨 등이 켜져 있어 멀리서도 쉽게 식별할 수 있었다.

어로장비가 실려 있지 않았고, 평평한 상갑판에 크레인만 우뚝 서있었다. 어획물 운반선이 틀림없었다. 정빈은 멈추어 있는 해룡호를 한 바퀴 돌았다. 해룡호의 갑판에 사람들이 나타났다. 해룡호는 그렇게 큰 배가 아니었으나, 현산호가 작아서 너무 가까이 대었다가는 부딪혀 깨질 수밖에 없었다. 정빈은 적당한 간격을 유지하려고 애를 쓰며 해룡호의 갑판을 살폈다. 선원들 사이에 검은 잠수복을 입고 있는 작은 사람이 보였다.

정빈은 엔진을 공회전시켜 놓고 갑판으로 나와 히빙라인heaving line을 꺼냈다. 히빙라인은 줄 끝에 추가 붙어 있는 가늘고 가벼운 줄인데 배와 배 사이, 혹은 육지와 배 사이에 줄을 매야 할 때 굵은 줄을 보내거나 끌어 오기 위해 먼저 던지는 줄이다.

정빈은 히빙라인을 휘돌려 해룡호의 갑판으로 던졌다. 단 한 번에 명중이었다. 정빈은 히빙라인 끝에 굵은 닻줄을 묶었다. 중국 선원들이 히빙라인을 당겨 닻줄을 끌어 갔다. 닻줄이 해룡호에 닿자 영지가 닻줄을 몸에 묶고 조금의 망설임도 없이 바다로 뛰어들었다. 바람이 해룡호 쪽으로 불어 현산호가 해룡호 쪽으로 밀려가 영지가 배 사이에 낄 것 같아 정빈은 재빨리 닻줄을 당겨 영지를 갑판 위로 끌어 올린다음 조타실로 뛰어들어가 스크루를 돌려 현산호를 해룡호에서 멀리 떼어 냈다.

입술이 새파랗게 질린 영지가 물을 뚝뚝 흘리며 선교로 들어와 잠수복을 벗고 안에 입었던 붉은 트레이닝 복상·하의와 분홍색 팬티까지 벗고 말했다.

"갈아입을 마른 옷 있냐?"

정빈은 영지를 돌아 볼 새가 없었다. 배를 동쪽으로 돌려 대었지만, 레이더 화면에 깨를 뿌려 놓은 듯 하얀 점이 깔려 있었다. 어선과 상선, 유조선 등등이었다. 그에 더하여 바람도 더 거칠어졌다. 이제 어쩔 수 없이 항해등을 켜야 했다.

"가스난로 켜라. 벽장 열면 수건하고 마른 옷들이 있을 거야. 영만 작은아버지 체구가 작으니까 그 분 옷 찾아 봐."

옷을 갈아입은 영지가 선실 바닥에 누우며 말했다.

"흑산도로 가."

"흑산도는커녕 지금 여기서 죽을 거 같다. 이런 작은 배는 큰 바다에서는 물거품에 불과해. 우리 둘이 죽을 가능성이 살 가능성보다 더 커."

"뭐, 너랑 같이 죽는다면 나야 억울할 거 없지."

"헛소리 하지 말고 죽은 듯이 가만히 있어. 지금 배를 멈출 수도 없고 타륜에서 손을 뗄 수도 없으니까 너 가만 놔두는 줄 알아."

"일단 흑산도로 가서 보자."

배보다도 몇 배 더 높은 파도가 하얗게 부서져 내리며 물보라를 흩뿌렸다. 흡사 머리카락을 헤치고 달려드는 귀신인양, 검은 옷에 하얀 얼굴의 저승 사자인양 밤바다는 현산호를 집어 삼키고자 달려들었다.

다른 방법이 없었다. 어떻게든 항구로 빨리 가야 했다. 엔진을 최고 속도로 올리고 죽을힘을 다해 타륜을 잡고 돌렸다. 파도를 옆구리가 아닌 머리로 받아내려고 타륜을 이리저리 돌려 파도의 골을 지나 머리를 타고 넘고 또 넘었다. 더구나 맞바람까지 불어 배가 제 속도를 내지 못했다. 세 시간을 몸부림 친 끝에 겨우 대한민국 영해로 들어왔다.

영해로 들어서자 레이더에 뜨는 배의 숫자가 몇 되지 않아 정빈은 뱃머리를 동쪽으로 돌려 대고 무작정 내 달렸다. 다행히 바람이 잦아 들었고 파도도 약해졌다.

이대로 두 시간만 더 가면 현산도였다. 정빈은 마음을 약간 놓고 영지를 돌아 보며 소리쳤다.

"내 말에 한 마디만 예, 아니오로 대답해! 김영지 네가 불을 질렀냐!"

영지가 제법 진지한 목소리도 대답했다.

"네가 상상하는 그 어떤 생각도 사실과는 달라!"

"그럼, 네가 가지고 있던 지포 라이터가 왜 화재 현장에 있었냐고!"

하지만, 정빈은 더 이상 영지를 다그칠 수 없었다.

갑자기 눈을 찌르는 새하얀 섬광이 하늘에서 내려왔다. 날카로운 비수처럼 날카로운 불빛이 하늘에서 하늘거리며 천천히 내려왔다.

조명탄이었다!

그와 함께 고막을 때리는 큰 소리가 울려왔다.

깜짝 놀란 정빈이 엔진 속도를 낮추어 소음을 줄였다.

밤바다를 가득 메우는 엄청난 확성기 소리가 들렸다.

"앞서 오는 배는 이 소리가 들리거든 선외의 전등을 점멸하고 배를 멈춰라. 대한민국 해군이 정선을 명한다! 앞서오는 배는…."

현산호의 정면에서 서치라이트를 있는 대로 다 켠 구축함이 다가 오고 있었다.

정빈은 반사적으로 항해등 스위치를 위 아래로 움직

였다.

깜짝 놀란 영지가 바닥에서 일어나 창밖을 내다보았다.

정빈이 영지에게 놀리듯 말했다.

"무섭냐? 나는 하나도 무섭지 않다. 내가 해군에서 했던 간첩선 추적 검문이거든. 멈추지 않으면 함포로 쏘아 격침 시킬 수도 있어. 조명탄이 하늘에서 내리는 것 보면 초계기도 떴어. 그렇다면 함대 전체에 비상이 걸리고 해군본부까지 상황이 중계되고 있을 거야."

"죽기 아니면 까무러치기야. 나 걸릴 거 없으니까 걱정 말고 검문 받아."

"이거 일이 재미있게 돌아간다. 이 해역에서 이 시간에 출동할 수 있는 구축함은 내가 타던 함밖에 없거든."

"쿵쾅! 쿵쾅!"

소리가 아닌 가스터빈 엔진이 일으키는 바닷물의 진동이 현산호를 뒤흔들며 거대한 구축함이 다가왔다.

사라진 조명탄 불빛 대신 구축함에서 내리비치는 서치라이트 불빛에 정빈은 눈을 뜰 수 없었다. 다시 확성기 소리가 위에서 내리덮쳤다.

"조타수를 제외한 전 인원은 상갑판에 나와 손을 머리

에 올리고 정렬하라!"

정빈도 확성기를 켜고 볼륨을 최대한 올려 마주 소리
쳤다.

"조타수 1인과 승객 1인이 승선해 있다! 이 배는 목포
선적 낚시 어선 현산호로 출항신고 된 항해다!"

"승객은 두 손을 머리에 얹고 상갑판으로 나와 기립하
고 조타수는 본 함정에 접선하라. 경고한다. 돌발 행동
시 사살 될 수 있다."

정빈은 실눈을 뜨고 선교 창문 너머로 구축함을 올려
다보았다. 수십 명의 수병들이 개인화기로 정빈을 겨냥
하고 있는 가운데, 충격을 흡수할 고무공을 비엔나소시
지처럼 달아 놓은 방현 펜더가 줄사다리와 함께 내려왔
다. 정빈은 방현 펜더가 현산 호 옆구리까지 내려오자 배
를 살짝 붙였다. 곧바로 줄사다리를 타고 내려온 수병이
홋줄을 잡아 걸어 현산호를 구축함에 묶었다.

다시금 확성기 소리가 쏟아졌다.

"조타수는 엔진을 정지하고 두 팔을 위로 쳐들고 상갑
판으로 나오라!"

정빈은 엔진을 끄고 갑판으로 나갔다.

줄사다리를 타고 와르르 내려온 수병들 중 몇몇이 총

부리를 정빈과 영지의 가슴에 들이대고 일부는 배 안을 수색하기 시작 했다. 뒤이어 내려 온 상사가 정빈을 보고 멈칫했다.

주영진이었다.

"정, 정빈아! 세상에 너였어! 현산호란 말 듣고 설마 했는데! 네가 여기에 웬일이야."

영지가 먼저 대답했다.

"주영진! 세상에나! 벌써 상사가 되었네! 주 상사, 나 영지야 기억 나냐?"

"으잉, 영지 너까지! 니들이 웬일이야?"

"웬일이긴! 배에서 정빈이랑 뱃놀이했다. 그게 뭐 어때서 구축함까지 몰고 쫓아오냐!"

"뭔 소리야! 무월광 악천후에 공해상에서 고속 접근하는 소형 선박! 간첩선 아니면 밀수선이잖아. 니들 때문에 3함대는 물론 2함대까지 비상이 걸려서 모두 고속정에 승선 대기 중이야!"

영지가 '흥' 소리 나게 콧방귀를 뀌며 주영진에게 말했다.

"주영진, 현산도 앞에서 정빈이랑 술 마시고 뱃놀이하다 지쳐서 둘이 꽉 보듬고 잠들었는데, 눈을 떠보니 닻이 풀렸는지 표류 중이더라고. 그래서 정빈이가 뱃머리를 동쪽으로 돌려대고 허겁지겁 무작정 달려 들어왔어."

"나보고 그걸 믿으라는 거야?"

"믿어야지. 암, 믿어야하고 말고, 아니, 믿게 될 거야."

어이가 없는지 주영진이 정빈에게 얼굴을 돌렸다.

잠자코 있던 정빈이 눈에 불을 켜고 주영진을 쏘아봤다. 뭐라 말을 꺼내려던 주영진이 입을 다물었다.

"주영진. 친구라는 놈이 나와 유라를 배신해!"

"미, 미안해. 어쩔 수 없었어. 김 상사가 써 가지 온 진술서를 옮겨 쓰고 서명 할 수밖에 없었어. 서명하지 않으면 부사관 자격평가에서 떨어뜨려 계급 정년 시킨다고 협박하고, 서명하면 특진 시켜 상사 달아 준다고…"

"변명은 그만 됐다. 수색해 봐야 나올 것 아무것도 없다. 나도 영지도 빈손으로 탔거든."

"나에게 말해봐야 필요 없어. 김 준위가 믿어야 해. 김 주태가 준사관이 되어 전탐장으로 승선해 있어. 선박등록증과 출항신고서 가지고 김 준위에게 가서 말해."

영지가 주영진에게 되물었다.

"김주태가 전탐장으로 저 배에 있다고?"

"그래, 간첩선 잡았다고 방방 떠 있어. 김주태가 조작

하면 니들 간첩이 될 수도 있으니까 조심해."

영지가 '픽' 소리 나게 웃더니 정빈에게 말했다.

"정빈아. 서류 가지고 올라가자."

줄사다리를 타고 구축함의 전탐실로 들어갔다. 이지스함이라 각종 전자 장비의 모니터 수십 개가 커다란 벽가득 박혀 있었다.

주영진이 앞장서 들어갔다. 김주태는 모니터 화면을 보며 몸을 돌리지 않았다.

주영진은 김주태의 뒤통수에 대고 '필승' 경례를 한 다음 보고했다.

"승선자 2인을 연행했습니다."

"수색 결과는?"

"선박과 승선자 수색 결과 혐의점이나 혐의 물건을 발견하지 못했습니다."

"승선자는 여기 두고, 다시 내려가 정밀 수색해서 뭐라도 건져와!"

영지가 김주태의 뒤통수에 대고 말했다.

"김 상사님, 아니 김 준위님! 털어봐야 먼지도 나오지 않을 테니 불쌍한 쫄병들 헛수고시키지 마세요. 정말로 맨몸으로 탔거든요."

그제야 김주태가 의자를 회전시켜 정빈과 영지를 보더니 화들짝 놀랐다.

"영지와 장 중사 아냐? 이게 도대체!"

영지가 곧바로 말을 받았다.

"와! 준위 끗발 끝내 주네요. 구축함을 선외기 보트처럼 몰고 나오다니요! 하지만 준위님 뻘짓 하셨네. 도대체 어찌된 일이냐면요. 정빈이와 배에서 술 진탕 마시고 홀랑 벗고 뱃놀이 하다가 지쳐서 둘이 안고 잤는데 닻이 풀렸는지 배가 표류를 하고 있더라고요. 그래서 깜짝 놀라 무작정 동쪽으로 달려 들어왔는데 준위님이 황송하게도 구축함씩이나 몰고 마중 나오셨네요. 고맙습니다."

"그 말을 나보고 믿으란 말이냐. 너희들 때문에 함대에 비상이 걸려 국방비 수십억 원이 한 순간에 날아갔는데!"

"그건 정보를 잘못 분석한 준위님 책임이죠."

김주태는 영지의 말장난에 대응하기 싫은지 정빈을 보고 명령조로 말했다.

"장정빈. 경위를 진술해라."

정빈은 선박등록증과 출항신고서가 든 원통을 내밀며 심드렁하게 대꾸했다.

"영지 말대로입니다."

이때, 영지가 말속의 장난기를 거두고 정색한 목소리로 음침하게 말했다.

"김주태 준사관님. 이쯤에서 상황을 종료 하시죠"

영지가 얼굴에 파르란 독기를 올리며 표독스런 눈으로 김 준위를 쏘아보며 말을 맺었다.

"준위님이 상황을 종료하면 나도 상황을 종료 해드리죠."

영지와 준위 사이에 기 싸움 같은 살기가 잠시 오고 갔지만, 승자는 영지였다.

"주 상사! 두 사람 내려 줘라."

구축함의 스크루가 일으키는 파도에 휩쓸리지 않으려고 정빈은 현산호를 재빨리 떼어 냈다.

정빈은 현산도의 절벽 아래에 닻을 던져 넣고 엔진을 껐다. 엔진의 소음이 사라져 자연의 소리만이 남았다. 초겨울의 늦은 해돋이가 절벽 그늘을 거두어가 사위가 밝아졌다.

파도 소리, 갈매기 울음 소리, 바람 소리. 붉은 햇살. 몹시도 평화로운 풍경 속에 오직 인간의 정욕만이 추했다.

정빈이 담담하게 말을 꺼냈다.

"영지. 네가 어머니를 돌아가시게 했냐!"

영지가 강하게 고개를 흔들었다.

"아니야. 정빈아."

"무조건 거짓말로 피해 갈 수 없는 정황과 증거가 있어."

"아니야. 정빈아. 그날 일에는 우리가 감당할 수 없는 엄청난 음모가 있어."

"그 음모를 아는 대로 말해. 너의 죄를 추궁하거나, 네 말에 따라 너를 해치려는 것이 아니다. 다만, 너라는 한 사람의 정확한 실체를 알고 싶을 뿐이다. 아니, 인간이 어디까지 악해 질 수 있는지 알고 싶을 뿐이야."

"네가 나에 대해 관심이 있다니 고맙다. 정빈아. 나는 악한 사람, 너는 착한 사람이라고 생각 하냐?"

정빈은 곧바로 대답하지 못했다.

"정빈아. 너의 선과 악이 뭔데? 학교에서 배운 거? 아버지에게서 배운 거? 세상에서 배운 거? 도대체 너의 선과 악의 구분 기준이 뭔데?"

"그건 배우지 않아도 사람이라면 스스로 다 안다."

"그럼 너는 알고 나는 모르는 게 뭔데?"

"남이 내게 해서 싫은 일을 내가 남에게 하지 않는 것이 선한 것이고. 내게 싫은 일을 남에게 하는 것이 악한 것이다."

"그러니까 나는 너와, 네 가족, 유라를 괴롭히는 악한 사람이고 네 가족과 유라는 나를 도와주는 선한 사람이란 거냐?

"그건 네 스스로 잘 알 것이다."

"야! 장정빈, 똑바로 들어! 너는 나에게는 악이고 고통이다. 유라도 마찬가지야! 네 부모도!"

"뭐라고!"

"나는 고등 2학년 그날 밤을 잊을 수 없어. 내가 네 방에 들어갔을 때 너는 나를 밖으로 내동댕이쳤어! 그 치욕, 그 모멸감, 그 비참함을 나는 한 순간도 잊은 적이 없어. 유라 그년도 마찬가지야. 나를 벌레 보듯 하는 그년의 눈빛을 잊은 적이 없어. 천애고아인 나를 거두는 것이, 죽은 친구에 대한 의리라고 으스대며 어부들 사이에서 존경받는 장 선장도, 마지못해 나를 먹이고 재우는 주제에 세상 착하다고 칭찬받으며 장사에 이용하던 네 엄마도 모두가 위선자야. 나는 교도소에서 정말 많은 것을 보고 배웠다. 알아? 정빈이 너의 선이 다른 사람에게는 악이 될 수도 있다는 것을? 미국은 이슬람을 악마로 여겨 세상에서 쓸어버리려 하지만, 이슬람은 미국을 절대악으로 여기지. 너, 착한 척하지 마! 인생은 네가 생각하는 것처럼 선과 악으로 가를 수 없어. 알아? 그날의 일을 밝히면 너는 수십 수백 명에게 악행을 저지르게 된다는 사실을!"

"나는 다만 그날의 진실을 알고 싶을 뿐이다. 그 진실을 파헤치고 내세워 그 일로 이득을 본 사람들을 망칠 생각은 없다. 마찬가지로 네가 어머니를 돌아가시게 했다고 해도 너에게 복수를 하거나, 법의 심판을 받게 할 생각도 없다."

"진실? 그 진실이라는 것이 얼마나 잔인하고 악한 것이지 알아? 그 진실이라는 것이 얼마나 많은 사람들을 죽이고, 인간성을 파괴했는지 아냐고!"

영지가, 입고 있는 김영만의 작업복 주머니에서 담배를 꺼내 불을 붙여 물었다.

영지가 담배 연기를 깊게 들여 마셨다가 뱉어내며 말

했다.

"너에게 거절당한 그날 담배를 피우기 시작했지. 정빈아. 이 담배 다 피우면 나를 흑산도에 데려다 줘야 해. 내가 네 배를 탔다고 중국 조직이 보고한 지 벌써 일곱 시간이 넘었어. 내가 가지 않으면 너는 물론 네 가족, 모두 정말로 죽는다."

"도대체 네가 뭔데 네가 가지 않으면 우리 가족이 죽는다는 거야? 나는 네가 히로뽕을 가마니로 지고 올 줄 알았는데 알몸으로 왔잖아? 그런데도 조직에서 너를 데려가려고 살인을 불사한다고?"

"내가 뭘 가지고 있는지 궁금하냐? 그래, 히로뽕을 가마니가 아니라 컨테이너로 가지고 있다. 처음부터 그걸 가져오려고 중국에 갔던 거고."

"뭐? 그 히로뽕이 어디에 있는데?"

"고급 마오타이 병에 담아서 정식 수출 루트로 일주일 전에 보내서 벌써 한국에 도착했는데 어디에 있는 어느 컨테이너인지는 나만이 알고 있다."

"마오타이 병에 히로뽕을 담았는데 통관이 되었다고?"

"너는 티비나 영화만 봐서 히로뽕이 하얀 가루인줄 아

는데 히로뽕, 메스암페타민은 상온에서는 액체야. 생부 이중석이 2년 동안이나 중국에 숨어서 원액을 만들면서 마오타이 공장 직원을 매수해 진짜 병을 빼내 원액을 채우고 밀봉해 마오타이 회사 수출 컨테이너와 바꿔치기 해 보냈어."

"그게 통했다는 거야?"

"고급 마오타이 한 컨테이너면 백억 원이 넘어. 그런 고가품은 회사 직원이 동행해 통관해서 유통업체에 인계하는데 직원은 내용물이 바꾸어진지 모르고, 업무를 수행했고, 세계적인 갑부인 마오타이 회사가 통관이 지체되지 않도록 평소 통관 과정에 기름칠을 해두었기 때문에 중국에서 한국까지 말 그대로 미끄러져 들어왔어. 설혹 마약탐지견이 있었다고 해도 병위에 뿌려 둔 마오타이 때문에 뽕 냄새를 맡지 못했을 거야."

"그럼, 빈손으로 돌아오는데 그냥 나간 길로 그대로 들어오지 왜 나를 불러서 이 소동을 일으키냐?"

"네가 보고 싶었어. 정말이야. 너무나 무섭고 힘들어서 죽고 싶을 때 마다 너를 보고 죽어야겠다고, 네가 살아있으니 아직은 죽지 말자 그러면서 버텼어. 그래. 위조 여권으로 중국에 들어가서 아버지를 도와 천억 대 뽕 원

액을 한국으로 보냈지. 그런데 아버지에게 뽕 제조 원자
재를 공급하던 중국인이 배신했어. 너무 많은 돈의 요구
를 다 들어 주지 못했거든. 아버지는 체포되고 나는 가까
스로 도망쳤어. 신분이 노출된 나에게 중국 공안은 현상
금을 걸었어. 마약 범죄에 관한 한 세계에서 가장 가혹한
중국이야. 아버지는 틀림없이 사형이 될 거고, 나도 잡히
면 사형을 피할 수 없어. 돈이 걸리면 그 누구도 믿을 수
없게 되는 게 세상이야. 특히 중국에서는 더 더욱! 그래
서 이 세상에서 내가 믿을 수 있는 단 한 사람, 장정빈!
너를 부른 거야."

"그래서, 거짓말일지도 모르는 네 말을 믿고 그냥 보내
주라고?"

"정빈아. 네가 궁금해 하는 진실? 그 진실이 밝혀져도
사람이 죽지 않을 때가 되면 정말로 내 스스로 너를 찾
아가 다 말해 줄게, 지금은 아니야. 지금 밝히면 우리 모
두 다 죽어. 이제 닻 뽑고 출발해. 흑산도에까지 사람이
와 있어. 지금 가지 않으면 그 사람들이 여기로 올 거야.
그 사람들에게 나를 빼앗기는 비참함을 네가 겪는 거 싫
어. 그러니까 내 발로 가도록 해줘."

영지를 흑산도에 내려 주고 정빈은 목포로 귀항하지 않고 현산도로 돌아와 움막에서 닷새를 머무르며 가장으로서 아버지와 유라를 어떻게 부양해야 할지 고민했다.

유라와 아버지를 두고 또 다시 배를 탈 수는 없었다. 유라가 술장사를 하는 것도 기가 막힐 일이지만, 장 선장도 벌금추심을 오래 견디지 못할 터였다.

유라가 현산어보를 그만두고, 아버지가 파산을 수긍할 묘책을 강구해야 했다.

일주일 만에 돌아 온 정빈에게 장 선장도, 유라도 그 사이에 무슨 일이었는지 물었다.

"오늘 아침 문 변호사가 찾아왔는데, 법무관 로펌에서 모든 고소를 취하했고, 보험회사와 양쪽 가게가 요구한 보상금과 피해자라며 군인 50명이 청구한 의료비와 보상금, 합의금까지 20억이 넘는 돈이 모조리 완납되었다는 거야. 도대체 어찌된 일인지 너는 알 거 아냐?"

"아니, 나도 모르는 일이야. 하지만 잘된 일이니까 이제부터 앞만 보고 가자. 아버지, 우리 유라 마스크 벗고 편히 살게 현산도로 갑시다."

"나도 그 생각을 하지 않은 것은 아니다만, 현산도로

들어가면 어떻게 먹고 살겠냐?"

"아버지 세상이 바뀌었습니다. 현산도에 태양전지 판 깔고 해수담수화 장치 붙이면 먹을 물, 씻을 물 맘대로 쓸 수 있고, 휴대폰 회사에 신청해 흑산도와 현산도 사이 통신 가능한 안테나 세우면 전화도, 인터넷도 맘대로 쓸 수 있어요."

"그래도 그건 돈 쓰는 일이지 돈 버는 일은 아니잖느냐."

"아버지, 현산도 전체 어업권이 유라 것이잖아요. 현산도에서 낚시질하고 돌미역만 뜯어도 우리 세 식구 얼마든지 먹고 살 수 있습니다."

"그걸 어디다 어떻게 팔아 돈과 바꾸겠다는 거야?"

"아버지. 옛날에야 현산도에서 흑산도까지 노 저어 한나절이었지. 지금은 현산호로 30분입니다. 활어든, 전복이든, 조개든 물탱크에 넣고 기포기 채워 쾌속 여객선에 실어 주면 목포까지 팔팔하게 살아 도착합니다. 자연산인데 부르는 게 값이고요."

유라도 고개를 끄덕였다.

"정빈이 말도 일리가 있네요. 이 가게 령자 큰아빠와 작은아빠들에게 줍시다. 현산도에서 보내는 해산물 받아 주변 횟집과 관광객들에게 파는 중간 상인 하라고요. 지금 자연산 전복 큰 거 하나가 얼마인 줄 아시죠? 나도 중군 해녀는 되니까 정빈이랑 물속의 것만 건져도 우리 풍족하게 살 수 있을 거예요. 아빠! 낚시질하면 아빠가 도사 아녀요? 하루에 큰 고기 한 마리만 잡으셔도 우리 가정 생활비 걱정 없을 겁니다."

"그래. 내 술값, 밥값 너희들에게 기대지 않아도 된다 이거지?"

"아버지 술값 밥값이라뇨. 아버지 낚시질 솜씨면 우리 먹여 살리고도 남죠!"

장 선장이 눈을 감고 잠시 생각을 하더니 눈을 번쩍 뜨고 힘차게 말했다.

"그래! 고기잡이 하면 장영후 아니냐! 통발도 넣고, 주낙도 뿌려 흑산 바닷고기 다 잡아 줄게!"

참으로 오랜만에 장 선장의 얼굴에 화색이 돌면서 웃음꽃이 피었다.

"그런데 말입니다."

정빈이 자못 심각하게 말을 꺼내 장 선장의 얼굴에 웃음꽃을 지웠다.

"왜? 뭐 걸리는 거 있어? 내가 다 해결해 줄게."

"걸리는 게 아니고요. 현산도에 들어가기 전에 유라가 나에게 약속을 하나 해야 합니다. 아버지를 증인으로 세워서요."

유라가 물었다.

"뭔데 그렇게 거창하게 말 하냐?"

"유라야. 네 눈을 보니까 이제 네가 자화상을 그릴 때가 된 거 같아. 현산도에 들어가면 그림 다시 시작해라! 어려서부터 내 소원은 네가 위대한 화가가 되는 것이었어. 그러니까 유라 너의 소원이 아니라 내 소원을 네가 이루어 줘."

유라가 두 손으로 정빈의 손을 모아 잡았다.

"네가 가장으로 나와 아빠를 책임진다고 했을 때, 내가 무슨 생각을 한 줄 알아?"

"무슨 생각?"

"이제 그림으로 돌아갈 수 있겠구나! 하고 속으로 외쳤어."

소일거리가 없어 술타령만 늘어가던 령자와 두 아우들이 정빈의 계획에 만세를 불렀다.

"술장사 집어 치우고 가게에 수족관과 물탱크를 설치

하자."

바로 다음 날, 문 변호사가 찾아왔다.

"식당에서 활어 도매로 현산어보 업종을 바꾸신다면 서요? 아버지 말씀을 들어 보니까 전도가 매우 유망한 사업인거 같아 투자하려고요. 활어를 안정적으로 공급 하려면 현산도 작업 여건이 좋아야 하지 않겠어요? 그래 서 현산도에 제대로 거주 시설을 하시라고 투자하는 겁 니다."

문 변호사가 들고 온 서류 가방을 열었다. 오 만 권 다 발이 그득했다.

"이게 뭐야? 이 돈을 투자 한다는 거야?"

"장 선장님, 아버지가 옛 현산호에 령자로 타셨을 때 가 제가 사법 시험 공부를 할 때였고 우리 가정이 가장 어려웠을 때였습니다. 장 선장님, 현산호가 아니었음 저, 변호사는커녕 대학도 졸업하지 못했을 거고 우리 가정 도 깨졌을 겁니다. 아버지가 항상 유라 아버님 정 선장님 과 갑판장 장 선장님의 은혜를 잊으면 사람도 아니라고 말씀하셨습니다. 이 돈 그냥 드리는 거 아닙니다. 현산도 를 우리 가족의 피서지, 별장으로 멋지게 꾸미시라고 드 리는 겁니다. 아버지께서 장 선장님이 받지 않으시면 가

247   귀향

게 앞에 던져두고 오라고 하셨습니다."

정빈은 한 겨울이 되기 전에 현산도에 입주하려고 그
날로 동시다발적으로 일을 진행했다.

태양광 패널과 축전지를 넉넉한 용량으로 주문하고,
현산도의 해식동굴 속에 들어 갈 수 있는 크기로 조립
식 단열 주택의 제작을 의뢰하고 곧바로 현산도로 들어
가 이백년 전에 학선이 절벽을 쪼아 만든 계단 위에, 바
위 절벽의 등반을 위해 알프스에서 발명된 디귿자 모양
의 철근 계단인 비아 페라타Via ferrata를 박고 가까이 가
서 보지 않으면 보이지 않을 만큼 절벽과 똑같은 색으로
칠해 절벽의 본디 모습을 보호했다.

그리고 절벽 위에 천 킬로그램 이상을 들어 올릴 수 있
는 접이식 체인 블럭을 설치하고. 무거운 물건은 물론 휠
체어 탄 사람까지도 안전하게 오르내릴 수 있도록 넉넉
한 크기의 바구니도 달았다. 체인 블록에 전기 모터를 달
고, 바다에서도 혼자서 작동할 수 있도록 무선 리모트 컨
트롤도 장치했다.

정빈은 낱장으로 분해된 주택과 태양광 전원 시스템,
해수 담수화 설비, 유라가 주문한 가구와 가전제품, 가사

용품, 침구류를 날 좋은 날 전문 일꾼들과 함께 화물선에 싣고 와 불과 일주일 만에 현산도에 육지의 고급 별장을 능가하는 안락한 집을 지었다.

해식 동굴 속에 몸통을 집어넣고 단열재를 덧씌우고 전면에 질소 가스를 충전한 삼중 통 유리창을 붙인 집을 정빈은 '유라의 집'이라 이름하고 유라에게 헌정했다.

유라의 집 거실에서 넓은 유리창을 통해 내다보이는 바다 풍경은 장관이었다.

특히, 눈보라치고 폭풍이 부는 날은 가슴이 떨리고 오금이 저릴 만큼 감동, 그 자체였다.

정빈은 커다란 닻을 싣고 와 현산도 절벽 앞에 넣고 닻줄 끝에 부표와 도르래를 달고 비아 페라타에도 도르래를 달아 도르래 사이에 굵은 밧줄을 돌렸다. 현산호를 비아 페라타 앞 쪽 줄에 묶고 내린 다음 도르래 줄을 잡아 당기면 현산호가 절벽 가운데 닻 부표 쪽 바다에 떠 있도록 해 파도와 바람으로부터 현산호를 보호하고 닻을 넣고 뽑는 수고를 하지 않아도 언제든지 현산호에 타고 내릴 수 있도록 한 것이다.

현산도에 모든 생활 편의 시설을 갖춘 정빈과 유라는 본격적으로 물질을 하고 장 선장도 고기잡이를 시작했다.

현산도에서 잡아 올린 전복과 해삼, 각종 활어는 단박에 서울의 호텔과 일식집 등에 값을 불문코 최고급 생물 해산물을 공급하는 활어 공급 업체의 눈에 들어 전량 수매 계약을 체결했다.

업체에서는 물탱크 차를 현산어보 앞에 상주시켜 현산도에서 나오는 생물은 무조건 서울로 급송했다.

어지간한 중소기업에 필적하는 매출을 보고 장 선장은 매일 정호현 부부의 묘소 앞 술잔을 괴고 향을 피워 고마운 마음을 하늘로 보냈다.

현산도의 바다는 풍요를 넘어 무한이었다.

정빈과 유라는 욕심을 내지 않고 지속가능 하도록 채취량을 조절하고 바다 속 생태계를 보호했다.

택배가 흑산도까지 배송되므로 유라는 인터넷으로 서울의 아파트와 다름없이 대한민국에서 생산되는 모든 물품은 물론 해외 직구를 통해 사지 못할 것이 없었다. 정빈은 매일 흑산도로 나가 해산물을 보내고 배송된 물건을 현산도로 가져왔다.

천하절경 속에서 부족함이 없는 풍요를 누리며 유라는 그림에 전념했다.

유라의 그림 소재는 한결같이 바다와 어부였다.

큐비즘으로 출렁이는 '유라의 파도'와 점묘로 튀어 오르는 '유라의 물보라' 위에 레핀을 능가하는 극 사실주의 기법으로 그려진 어부의 얼굴은 말 그대로 살아 있었다. 하지만, 유라의 극 사실은 '유라의 심미안'으로 본 그녀만의 것이었다. 유라가 그린 인물화는 결코 사진으로 찍을 수 있는 빛의 반사가 아니었다.

얼굴을 덮고 있는 피부에는 그 사람의 삶의 역정이 그려져 있었고, 눈 속에는 그 사람의 정신이 들어 있었다.

여름이 되어 수온이 오르자 유라는 가끔씩 잠수복을 입지 않고 흉터로 가득한 알몸으로 물질을 하곤 했다.

그럴 때마다 정빈은 현산도 주변에 배가 지나가지 못하도록 경계 근무를 했다.

가끔씩 령자와 영만, 성주가 육지의 식자재를 가지고 와 파티를 하면 유라와 정빈도 술을 사양하지 않고 취흥을 즐기기도 했다. 술이 오른 유라의 오카리나 연주는 현산도의 바다에 퍼지는 신의 소리였다.

현산도에 들어온 지 2년쯤 된 가을, 정빈이 특별 주문받은 대물 전복을 따기 위해 닻줄에 묶은 현산호를 절벽 앞으로 끌어당겨 물때를 살피는데 흑산도 쪽 수평선에 새하얀 돛이 나타나 점차 크게 보이더니 현산도를 향해 다가왔다.

한국 해역에서는 보기 힘든 크루징 크기를 넘는, 소형 슈퍼 급 요트였다. 수십 명이 타고 파티를 할 수 있고, 대양을 항해할 수도 있는, 어지간한 부자가 아니면 개인 소유하기 힘든 값비싼 요트가 돛 세일링이 아닌 엔진 추진으로 직진해 현산도로 다가온 것이다.

현산호에 가까이 다가온 요트가 확성기 소리를 보냈다.
"우리 배의 선객이 현산호 장정빈 선장과의 면담을 요청했습니다. 손을 흔들면 선객을 태운 보트를 내리겠습니다."
자신을 만나기 위해 수십억짜리 요트를 몰고 온 사람이 과연 누구일까.
정빈이 손을 흔들자. 요트에서 선외기를 장착한 작은

보트가 내려왔다. 보트에는 조타수 외에 빨간 비니 모자를 눌러쓰고 큼지막한 마스크로 얼굴을 가린, 키가 크고 날씬한 여자가 타고 있었다. 현산호의 갑판에 오른 여자에게 정빈이 물었다.

"누구신데 무슨 일로 바다까지 나를 찾아 왔습니까?"

여자는 대답 대신 마스크를 벗었다.

여자의 얼굴을 본 순간 정빈은 뒷걸음질을 치다가 발이 꼬여 엉덩방아를 찧으며 갑판에 주저앉았다.

유라였다! 불에 타기 전의 유라였다!

유라의 얼굴, 유라의 키, 유라의 몸매! 틀림없는 유라였다.

백주에 나타난 유령을 본 정빈은 눈을 감았다 뜨며 스스로 뺨을 쳤다. 하지만 눈앞의 유령은 사라지지 않았다.

유령이 입을 열었다.

"천하의 장정빈이 이렇게 놀라다니! 너 많이 약해졌구나."

그 목소리를 듣는 순간 정빈은 더욱 놀라 심장을 움켜쥐었다.

영지의 목소리였다.

"장정빈! 그만 놀라라. 너를 사모하는 유라가 본디 예쁜 얼굴로 찾아왔는데 두 팔을 벌려 안지 않고 뭐하는 거냐?"

심호흡을 해 가슴을 진정시킨 정빈은 배전을 잡고 일어서 눈앞 여인의 눈을 들여다봤다.

얼굴은 유라인데 눈은 영지였다.

"정빈아! 때가 되면 내가 너를 찾아온다고 했잖아. 오늘이 그날이야! 바람이 차다. 너를 보려고 태평양을 건너 온 친구를 밖에 세워둘 거냐? 선실로 들어가자."

조타실의 가스난로를 켜고 붙박이 의자에 마주 앉았다.

놀란 가슴을 가라앉히고 영지를 자세히 보니 짝퉁 티가 역력했다. 눈동자 외에도 몸에서 풍기는 분위기가 유라와는 전혀 달랐다.

"김영지! 어찌된 일인지 설명해!"

"네가 아는 김영지는 이 세상에 없어. 네게 안기지 못한 김영지는 나도 싫어서 죽여 버렸어."

"죽여 버렸다고?"

"그래. 대한민국 데이터베이스에서 지워버렸어."

"그게 무슨 말이야?"

"주민등록과 법무부 기록에서 김영지를 삭제했다고."

"말도 안 돼! 대한민국이 그렇게 허술할 리가 없어."

"돈질로 불가능한 건 없어. 박진호 로펌에서 소개한 브로커에게 10억 현질했더니 되더라고."

"박진호? 법무관 말이야? 지금도 연락하고 사는 거야?"

"연락뿐이냐. 저 요트에 진호와 정수, 둘 다 타고 있다."

"뭐라고? 의무관까지?"

"걔들 내가 손가락 까닥 하면 옷 벗고 달려온다. 김영지가 아닌 정유라와 섹스하려고 말이야."

"그딴 개 짖는 소리는 집어 치우고! 김영지를 죽였으면 지금 내 눈앞에 있는 너는 누구냐!"

"내 마음에서 장정빈 너를 털어내려고 왔으니까 다 말해 줄게. 오직 유라, 유라 밖에 보이지 않는 너의 눈에 들려고 유라 사진을 가지고 '어머니 날 낳으시고 원장님 날 만드셨네.' 광고 걸어 놓은 대한민국 최고의 성형외과를 찾아가 몇 억이 들더라도 똑같이 만들어 달라고 했더니, 말 그대로 얼굴을 갈아엎고 새로 만들어 주더라.

광대와 턱뼈, 치조골을 깎아 두상을 유라 크기로 축소 한 다음, 검푸르고 처친 얼굴 피부를 벗겨 내고 내 피부 중에서 가장 하얀 허벅지 안쪽 피부를 발라내 덧씌우고 이목구비를 유라와 똑같이 만들어 주더라."

"얼굴은 그렇다 해도 네 모태 절구통 몸매는!"

"양쪽 갈비뼈를 세 대씩 뽑아내니까 잘록한 유라 허리가 되더라."

"유라보다 한 뼘이나 작았던 네 키는 또 어떻게?"

"키 때문에 고생 좀 했어. 종아리뼈를 부러트리고 그 속에 스트라이드를 넣고 유라 키와 맞추려고 하루 1밀리미터씩 네 달간 12센티를 늘렸거든."

"스트라이드라고?"

"기어와 자석이 들어있는 스텐리스 막대기인데, 리모컨으로 기어를 돌려 막대기 길이를 늘려 키를 키우는 장치야. 보통 6센티미터 정도 키우는데 나는 무리를 해서 두 배나 늘리는 통에 걷기가 좀 불안하다."

"네가 돌아도 단단히 돌았구나! 이제 나도 네가 누구인지 모르겠다!"

"본디 내가 누구였는지 지워버리기 위해서 신분도 세탁했어. 새로 만든 얼굴과 지문을 브로커를 통해 남미의 허접한 나라로 보내 부패 공무원에게 뇌물을 먹여 그 나라 진짜 여권을 받은 다음 재외동포 영구 귀국으로 대한민국의 진짜 주민등록증을 발급 받았거든!."

영지가 휴대폰 지갑에서 주민등록증을 뽑아 보여주었다.

영낙없는 유라의 사진 옆에 '임주리任周利'라 적혀 있었다.

"주리, 임주리라고?"

"그래. 나의 님 너에게 모든 것을 다주려고 임주리라 이름 지었다! 영지를 지우는데 10억, 주리를 만드는데 10억, 총 20억짜리 주민등록증이다."

"알았다. 나는 네가 영지든 주리든 관심 없다. 그날 일이나 말해라."

영지는 숄더백에서 담배를 꺼내 꼬나 물고 깊숙이 빨아 연기를 정빈의 얼굴에 내 뿜은 다음 말했다.

"네 전역 파티 일 주일 쯤 전 현산어보 구석에서 혼술하고 있는 내게 김주태가 와서 긴히 할 이야기가 있으니까 이층으로 올라오라고 했어. 짜식 표정을 보니까 뭔가 느낌이 오더라고 그래서 화장실 들렀다 가겠다고 하고는 화장실에서 브라자 가슴 사이에 휴대폰을 넣고 렌즈 앞 옷깃이 살짝 벌어지도록 브로치로 고정해 숨긴 다음 동영상 버튼을 누르고 짜식 앞에 똑바로 앉았지. 서울 가서 제일 먼저 엄마에게서 배운 것이 그거였거든."

"그래서 김 준위가 뭐라고 했어?"

"내가 말해 봐야 믿지 않을 테니까 그 때 찍은 동영상 보여줄게."

영지가 휴대폰을 꺼내 동영상을 재생했다.

뉴스 속 아나운서처럼 화면 가득 김 준위가 똑바로 아주 선명하게 찍혀 있었다.

"김영지. 너, 한 푼도 없이 출소해 오갈 곳이 없어 여기로 온 줄 다 알고 있으니까 선수들끼리 공차지 말고 내 말 듣기만 해. 지금 이 자리에서 내가 한 말 다른 사람에게 발설하면 무기징역 때려 교도소에 다시 쳐 넣을 테니까. 그리 알고 들어. 너 내가 그럴 능력 있다는 거 알지? 그러니까 너는 그냥 내가 시키는 대로 해야 해."

"무슨 일인데 이렇게 뻥카를 날리죠? 일단 무슨 일인지 들어나 봅시다."

김 상사가 주머니에서 금장 지포 라이터를 꺼내 탁자 위에 놓으며 말했다.

"전역 파티 날, 주방 쪽 골목으로 나가 이 라이터에 불을 붙여 환풍기 틈새로 집어넣어라."

"뭐라고요! 나보고 불을 지르라고요?"

"아니, 불을 지르라는 것이 아니야. 주방 환풍구 아래에 있는 식용유를 닦은 휴지를 넣는 휴지통에 라이터를 넣기만 하면 된다. 휴지에 불이 붙겠지만, 바로 위에 화재 감지기가 있으니까 곧바로 경보가 울릴 거야. 그 경보만 울리라는 거지."

"경보가 울리면 김 상사님에게 어떤 이익이 발생하는데요?"

"김영지, 머리가 좋다더니, 학교에서 더 많이 배워 아주 똑똑해졌구나."

"나 지금 가석방이라고요. 방화로 걸리면 10년은 학교에서 썩는 데, 그냥 시키는 대로 하라고요? 에이, 김 상사님. 나를 너무 띄엄띄엄 보시네요."

"이미 말을 꺼냈으니까 어쩔 수 없이 한 배를 타야겠지. 파티 중에 화재경보기가 울리면 내가 법무관과 의무관을 재빨리 이층 복도 끝 비상구로 대피시킬 거야. 그게 전부야."

"선수들끼리 공차지 말자면서 왜 계속해서 헛발질

을 하세요? 도대체 그 일로 김 상사님이 얻는 게 뭐냐고요."

"준위가 되는 전공을 세우는 거야."

"고작 그걸로 어떻게요?"

"나 혼자 하는 일이 아니야."

"그럼, 또 누구와요?"

"법무관과 의무관. 걔들도 그 일로 영웅이 되어 중위가 아닌 대위로 일계급 특진되어 제대할 거야. 다 그렇게 각본이 짜여 있어."

"세 사람이나 그렇게 큰 혜택을 보는 일을 나보고 맨입으로 하라고요?"

"맨입이면 뒤끝이 있으니까 공범이 되어야겠지. 얼마면 돼?

"1억짜리는 되겠는데요?"

"1억씩이나?"

"징역 10년이 걸린 일인데 싼 거죠."

"좋다. 성공하면 1억 주마."

"봉급 받아 술 먹고 여자 데리고 놀기 바쁜 상사님께 1억이 있다고요?"

"준위 승진 심사 때 뇌물 먹이려고 꿍쳐 둔 돈 1억 현금이 있어."

"생각해 볼게요."

"아니, 이 자리에서 결정해. 너, 장정빈이 좋아하는데 유라 때문에 정빈이가 너 밀어 내는 거 다 알고 있다. 전역 파티 때 둘이 노는 거 보기만 할 거야? 화재경보기 울리면 유라에게 통쾌하게 물바가지 씌워 봐. 아니면 니가 뛰어 올라와 정빈이를 구하는 척하든지."

김영지가 대답 대신 탁자 위의 라이터를 집어 가는 것으로 화면이 끝났다.

"나는 그냥 휴지통만 탈 줄 알았는데, 프로판 가스가 폭발할 줄은 몰랐어. 김 상사도 그럴 줄 몰라서 그날 똥오줌 지렸다더라고."

"그래서 김 상사가 1억을 주더냐?"

"그냥 줄 놈이냐! 안 보내기에 금방 네게 보여준 동영상을 보냈더니, 몇 분 만에 입금하더라."

"너 중국에서 밀입국할 때 구축함에서 김주태에게 상황을 종료시키면 네 상황도 종료 시킨다는 말을 했는데, 김주태를 그만 협박하겠다는 말이었냐?"

"그래 그렇게 딜을 했지. 정빈아. 일이 꼬여 그렇게 되기는 했지만, 네 엄마가 돌아가신 것은 미안하게 생각해. 그래서 내가 20억을 풀어 네 아버지의 모든 고소를 취하시키고 벌금과 추징금을 대납했어. 내가 아니었음 네 아버지 채무 불이행으로 채권 추심 건달들에게 시달리다가 돌아가셨을 거야."

"김영지. 너 정말 무서운 사람이구나. 당초 그 송사가 네가 지른 불 때문에 생긴 건데. 은혜를 베푼 것처럼 말하는 구나. 발목을 잘라놓고 휠체어 가져와 고마워하라는 거냐? 너의 방화로 어머니가 돌아가시고, 유라가 망가지고, 아버지와 내가 입은 화상에 대한 죄는 고스란히 네게 남아있다."

"그래서 나보고 어쩌라고? 10억이든, 20억이든 돈 달라면 줄게."

"범죄 수익금은 단 1원 한 푼도 받기 싫다. 현산도에서 나는 것만으로도 우리 가족은 풍족하다. 네가 지은 죄는 하늘이 벌할 것이다."

영지가 정빈의 얼굴을 물끄러미 쳐다보다가 말했다.

"너 어쩜 아직도 그렇게 순진하냐? 너 하늘이 있다고 생각 하냐? 아직도 사필귀정, 인과응보, 신의 정의 따위 개소리를 믿는 거냐? 하늘이 있었다면 왜놈에게 붙어먹은 매국노들은 대대손손 잘 살고, 독립투사 후손들은 극빈자가 되었겠냐! 너 세상 잘못 알고 있구나. 착하게 살아라? 그건 힘이 있는 자들이 너처럼 마음 약한 사람들을 쉽게 다루려고 가스라이팅 하는 거야! 법도, 죄도, 벌도 모두 사람이 만드는 것일 뿐! 천국, 지옥! 그딴 거 없어. 내가 죽으면 우주도 끝나는 거라고!"

영지는 줄담배를 피우며 말을 계속했다.

"너처럼 마음 약한 조무래기들은 장기판의 졸때기, 바둑 한 알도 되지 못해. 기다려봐 나처럼, 박진호처럼, 이정수처럼 쎈 사람들이 어떻게 사는지."

"어떻게 살건데?"

"박진호는 대통령이 되고 나는 영부인이 되고, 이정수는 천억 의료 타운 이사장이 되어 내 돈줄이 되겠지."

"박진호가 너 영부인시켜 준다든? 그리고 이정수가 너에게 왜 돈을 상납하겠냐?"

"너는 아직까지도 내가 누구인 줄 모르는 구나. 나는 너처럼 허투루 세상을 사는 사람이 아니야. 박진호와 이정수, 내 구멍동서들이야 셋이서 뽕하고 쓰리 썸하는 동영상 여러 편이지. 그거 풀어지면 대통령이고 이사장이고 다 날아가는데 내말 안 듣겠냐? 장정빈. 나는 내가 생각하기에도 무섭도록 꿈이 큰 사람이야. 기다려봐, 내가 돈과 권력이 뭔지를 보여줄게. 너 죽지 않고 버티면 내가 해수부장관 한 자리 던져 줄게. 너 또 나한테 물어 볼 말 있으면 지금 물어 봐. 나 다시 보기 어려울 거니까."

"없다. 네 무서운 꿈이 이루어지지 않기를 바랄 뿐이다."

"네 얼굴의 흉터, 어쩌면 그렇게 스카페이스 섹시가 뿜뿜이냐. 정빈아. 나 한 번만 안아 주라. 그러면 너에 대한 원망이 사라질 거 같다."

"아니. 그 꿈 깨. 어머니를 돌아가시게 한 원수를 내가 안을 거 같냐?"

"그래. 어려서부터 너는 마음이 간장 종지 보다 작았지. 그래서 큰 인물이 되지 못할 줄 알았지만, 내 가슴에 들이박힌 것을 어쩔 것이냐. 갑판으로 나가자. 요트가 왔을 때부터 유라가 절벽 끝에 나와서 보고 있었다. 여기까지 왔는데 유라를 보고 가야 미련이 없을 거 아냐."

갑판으로 나간 영지가 유라를 향해 손을 흔들었다.

마스크를 쓴 유라가 비아 페라타를 타고 내려와 닻줄을 잡아 당겨 현산호를 끌어가 갑판으로 올라왔다.

영지가 유라에게 손을 내밀었다.

"유라야. 오랜만이다. 이제 내가, 너 되었으니까, 너를 잊을게."

유라는 영지의 손을 잡지 않았다.

"영지야. 나 잊지 마, 아니 잊을 수가 없을 거야. 여기까지 왔는데 내 얼굴은 보고 가야지."

유라는 마스크를 벗고 얼굴을 영지 눈앞에 들이 댔다.

"으악!"

비명을 지르며 영지는 갑판에 주저앉았다가 엉금엉금 기어 뱃머리로 가 손을 흔들어 보트를 불렀다.

정빈이 영지에게 못을 박았다.

"이제 다시는 우리 앞에 나타나지 마라!"

"걱정하지 마. 유라보다 더 예뻐지고 싶은 것이 평생 소원이었는데, 그 소원을 이루었으니 하늘을 날아갈 것 같다. 이제 정말로 내가 유라보다 더 예뻐졌어! 만세! 만세! 만만세! 정빈아. 너에 대한 원망, 유라에 대한 저주를 할 이유가 없어졌다. 정말로 둘이 잘 되기를 빌어줄게"

7. 1밀리미터

    정빈은 유라의 인물화가 20점에 이르렀을 때부터 전시회를 기획했다. 현산도 바다가 준 군자금으로 전투에 나선 것이다.

    2년 동안 전 세계 미술 관련 사이트를 뒤져 자료를 수집하고 유라의 자문을 거쳐 국제적인 미술 평론가와 수집가. 애호가, 미술관장, 메이저 경매사 30명을 선정해 퍼스트 클래스 왕복비행 편, 특급 호텔 VIP실, 묵직한 사례금을 던져 비공개 극비 전시회를 열었다.

    어로 작업을 하는 어부들과 그물을 손질하는 어부의 아내들의 삶과 정신이 그려져 있는 그림 20점이 벽에 걸렸다.

    그리고…

    그림 속 모두의 얼굴 일부분에는 직경 10센티미터의

원이 그려져 있었고. 그 원안에는 피부 '1밀리미터'가 벗겨진 진피 층이 해부학적으로 정밀 묘사되어 있었다.

그림을 본 사람들이 말을 잃었다.

그림은 만국 공통 침묵의 언어에 다름 아니었다.

그들은 인물의 눈동자와 '1밀리미터'가 벗겨진 원 안을 들여다보고 등골이 오싹하는 귀기에 몸서리치며, 돋보기와 현미경, 엑스레이까지 동원해 그림을 해부했다.

그리고 화가를 찾았다.

정빈은 유라의 얼굴은 전체가 1밀리미터가 벗겨진 모습이며, 그렇게 얼굴이 불타버린 사연을 말해 주었다.

사연을 들은 그들은 오히려 화가에 대한, 돈으로 살수 없는 고귀한 스토리까지 있다며 환호했다.

소더비와 크리스티가 전시회를 진행하겠다고 나섰다. 정빈은 미술품 경매에 관한 한 소더비보다 더 강세인 크리스티에 전 일정을 위탁했다.

크리스티는 전 세계 순회 전시회의 마지막 일정을 서울로 정하고 서울 전시회의 마지막 날의 이브닝 세일로 경매를 진행하기로 했다.

파리의 오르세 미술관을 시작으로 시작된 '얼굴 없는 화가'의 '1밀리미터'세계 일주 전시회는 미술계 뿐 아니라 문화계 전체를 초토화시켰다. 피할 수 없는 메가톤급 쓰나미요, 허리케인이었다.

전시회가 거듭 될수록 유라에 대한 호기심은 원폭 급으로 폭발했다. 정빈은 자신이 화재 현장에서 입은 얼굴의 흉터를 당당히 내 보이며 유라의 고귀한 희생을 만방에 증언했다.

전시회가 미국으로 넘어 갔을 때, 이미 유라의 인물화는 르네상스 거장 급 명성과 가격을 획득했다.

전시회가 블록버스터 영화처럼 흥행에 성공하는 기적을 낳는 미증유의 사태가 전 세계 언론을 들끓게 했다. 전시회 기간을 늘리지 않으면 전시회장에 폭탄을 던지겠다는 협박까지 받아 그 이후 일정에서는 해당 국가가 공권력을 동원해 경호를 해야 했다. 전시회 일정에서 제외된 나라에서는 국민들의 열화와 같은 요청에 대통령이 나서서 전시회를 유치하는 촌극까지 벌어졌다.

그리하여 유라의 '1밀리미터'는 하나의 문화적 현상, 신드롬이 되었다.

전시기간이 연장되고 초청 국가가 늘어나고 입장권 매출이 10억 달러를 넘어, 20억 달러까지 예측되자 경매회사에서는 전용 비행기를 전세 내 20명의 경호원을 그림과 함께 태우고 다니며 그림마다 한 사람 씩 전담 배치했다.

'1밀리미터'가 서울로 돌아오기 까지 3년이 걸렸다.
마침내
서울에서의 전시와 경매 일정이 공개되었다.
그리고
유라는 경매 날 직접 경매현장에 나타나 자신의 얼굴과 함께 자화상을 공개하고 자화상을 경매 마지막 그림으로 내놓겠다고 크리스티에 전했다.
광고에 다시없을 호재를 얻은 크리스티는 무차별, 무제한 홍보로 유라의 자화상과 얼굴 공개를 세계적인 이벤트로 끌어 올렸다.

당일.
전 세계의 개인 자가용 비행기 백여 대가 서울로 몰려왔다. 김포와 인천 공항이 감당할 수 있는 대수가 아니었다. 수원 공항까지 개방해도 부족해 미국적 비행기는 평택의 미군 공항으로 유도되었다. 그에 더하여 국가 원수에게만 개방되는 서울 공항에도 극비리에 10여 대가 착륙했다.

인사동 일대의 교통이 통제 되고 전국에서 차출된 천 명의 경찰이 사람 장벽을 친 가운데 얼굴 없는 화가의 얼굴을 보도하고자 전 세계에서 몰려온 언론사 카메라가 숲을 이루었다.

정작, 경매는 싱겁게 끝났다.

20점 모두 5백만 달러를 오르내리는 가격으로 불과 10분 만에 완판된 것이다.

그리고 마침내 베일에 싸인 유라의 자화상이 경매대에 오르고 새하얀 면사포를 연상케 하는 베일로 얼굴을 가리고 웨딩드레스와 같은 새하얀 파티 드레스를 입은 유라가 장정빈의 손을 잡고 등장했다.

본디 허리가 잘록하고 하체가 긴 유라의 옷맵시는 가히 환상적이었다.

정빈은 차림새 또한 나무랄 데가 없었다.

한 올의 흐트러짐도 없이 곱게 빗어 넘겨진 머리카락과 푸른빛이 돌 정도로 새하얀 와이셔츠, 짙게 빛나는 은

청색 넥타이, 짙은 회색 조끼와 양복, 손이 베일 것 같은 바지 주름과 얼굴이 비치는 구두까지 모두가 정빈의 몸에 착 감겨 자연스럽게 어울려 보였다.

큰 키와, 떡 벌어진 어깨와, 노동으로 단련되어 군살이 없는 당당한 모습은 정유라와 잘 어울려, 결혼식의 신랑, 신부 입장 장면 같았다.

마침내 정빈이 유라의 베일을 걷어 올리고, 그와 동시에 경매사도 자화상의 베일을 벗겼다.

침묵이었다. 대 전시장을 가득 메운 메이저 언론의 대기자와 자가용 제트기를 타고 온 대부호, 소장가, 경매 대리인 모두 입을 다물었다.

정유라가 아닌 윤은아가 그곳에 있었다.

유라는 자신의 얼굴을 캔버스로 놓고 어머니의 얼굴을 그린 것이었다.

자화상의 얼굴도 정유라의 옛 얼굴이 아닌 윤은아의 얼굴이었다.

얼굴 없는 화가가 스스로의 빈 얼굴에 자신의 어머니를 그려 넣은 것이었다.

유라의 자화상은 국제적인 미술품 수장 그룹의 대리인에 의해 1천만 달러에 낙찰이 되었는데. 경매 봉이 두드려지는 순간, 중동의 왕자가 2천만 달러를 호가 했다. 하지만. 이미 낙찰이 된 후였다. 왕자는 화상전화를 통해 낙찰자에게 3천만 달러로 되팔 것을 제안했다.

낙찰자가 대답했다.

"이 그림은 정유라의 것도, 우리 그룹의 것도 아닌, 전 인류가 공유해야 할 인류 문명의 유산이다. 억대 달러를 준다 해도 되팔지 않겠다."

경매가 끝나고 취재진들이 물러가기를 기다렸다가 전시실을 나서는 유라와 정빈, 장 선장 앞에 영지가 나타났다.

영지는 또 다시 질투의 불길이 이글거리는 눈으로 유라의 얼굴을 쏘아 보았다.

유라가 말했다.

"내 얼굴을 네가 가져가서 더럽혔는데, 내가 그 얼굴을 다시 쓰겠냐? 그래서 나보다 더 예쁜 엄마의 얼굴을 모셔왔어."

정빈이 말을 이었다.

"김영지! 너는 영원히 유라보다 더 예쁠 수 없다. 왜냐고? 사람에게는 면상과 심상이라는 두 개의 얼굴이 있는데 면상은 너처럼 성형으로 쉽게 고칠 수 있지만, 심상을 바꾸기는 강과 산을 바꾸는 것 보다 더 어렵거든. 그런데 네 심상은 인간의 추악한 면만 집요하게 노리는 쓰레기 그 자체야. 그래서 결국은 그 심상이 네 면상으로 올라올 거야. 하지만, 유라의 심상은 오직 인간의 아름다움을 들여다보고 찾아 그리는 천사의 마음이야. 그래서 면상이 어떻게 부서지더라도 결국은 천사의 얼굴이 되겠지."

정빈의 말끝을 따라 이지러지는 영지의 얼굴색과 표정이 기괴했다. 성형 부작용이었다.

정빈이 허리를 굽혀 영지의 얼굴을 자세히 들여다보고 말했다

"남의 얼굴을 가져갔으면 잘 써야지 이렇게 망가트리면 어떻게 하나? 있는 게 돈 뿐이라면서 성형한 거 지우고 본디 얼굴로 복원하지 그러냐?"

"복원할 생각도 없고, 다시 성형할 돈도 없어. 내 몫으로 받은 돈 100억 다 썼거든."

"100억? 사형당할 죄를 지어가면서 까지 번 돈이 유라 자화상 한 점 값도 되지 못했구나. 돈 떨어졌으면, 이정

수와 박진호에게 뜯어내면 되잖아?"

"그 새끼들… 부모 허락 없이는 만 원 한 장도 맘대로 쓰지 못하는 코흘리개 마마 보이들이야. 특히나 부모들이 그새끼들 뒤에 내가 있는 줄 알고 아주 돈 줄을 묶어 버려 개털도 그런 개털이 없어."

"그래도 끈질기게 그것들 부모가 돌아가시기를 기다리면 네 세상이 올 거 아냐."

"아니, 그 안에 내가 먼저 죽을 거 같다. 키를 무리하게 키워 골수염이 생겼거든."

"돈도 없고, 몸도 아프다면서 어떻게 살 거야?"

"잠시 쉬면서 몸 치료하고, 조직 정비하면 너와 유라보다는 더 잘 살 테니까 걱정 하지 마. 티비 중계로 유라 얼굴보고 얼마나 예쁜지 보러 온 것 뿐이야."

잠자코 영지의 수작을 지켜보던 장 선장이 말했다.

"네가 한 짓을 생각하면 찢어 죽여도 분이 풀리지 않겠다마는 이미 지나간 일이고 네까짓 것 때문에 유라와 정빈이 앞길을 망칠 수 없기에 참는다. 너 명산도로 내려가 봐."

"거긴 왜요?"

장 선장이 혀를 끌끌 차며 가르쳐 주었다.

"너 명산도가 다리로 연륙되어 차로 갈 수 있게 된 거 모르냐? 큰 섬으로 건너가는 긴 다리의 중간 교각으로 쓰이는 바람에 어부지리로 육지와 연결되어 땅값이 엄청 뛰었어. 점용이가 간척하다 포기한 개펄이 10만 평도 넘는다던데. 그거 평당 만 원 씩만 해도 10억 아니냐. 요즘은 논보다 개펄이 더 비싸니까 평 당 만 원만 하겠느냐?"

"저, 정말이에요?"

"그래, 서울 사람들도 눈독을 들이고 있으니까 얼마나 더 오를지 모르겠지만, 네 한 몸 늙어 죽을 때까지 건사할 돈은 될게다. 하지만, 팔지 않고 가지고 있을수록 돈이 될 터이니 그냥 개펄에서 낙지 잡고 조개 주워 네 한 입 풀칠하며 더 이상 죄 짓지 말고 조용히 네 썩어가는 얼굴 감추며 살아라."

하지만,

영지는 그 땅을 상속 받을 수 없었다. 김점용의 상속자 김영지라는 사실을 입증 할 수 없었기 때문이었다.

지문도, 주민등록도 임주리인 그녀는 김점용의 호적상 딸 김영지와는 생판 다른 사람이었다. 김영지라는 사람

자체가 사라지고 없었다. 더욱이, 김영지라는 사람이 생존해 있다는 사실이 증명되면 인터폴의 국제 수배자가 나타나는 것인 바, 체포되어 중국으로 인도되어 사형이 될 것이 불 보듯 빤했다.

김점용의 유산 상속이 무산되자 영지가 아버지를 보려고 현산어보에 온 정빈을 찾아 왔다.

"정빈아. 나를 안아 주기가 그렇게도 싫었어? 네가 나를 안아 주었으면 내가 이렇게까지 무서운 세상을 살지 않았을지도 몰라."

"이제라도 나를 마음에서 지워라."

"나도 노력을 했지만, 그게 그렇게 쉽지 않더라. 너를 못 잊어 언젠가는 또 네 앞에 나타날지도 몰라. 정빈아. 나, 너 보고 싶어서 어떻게 살까?"

영지의 눈에서 눈물이 흘러나왔다. 정빈이 처음 보는 영지의 눈물이었다.

유라와 정빈은 문 변호사에게 백억을 종잣돈으로 법 사각지대의 억울한 피해자를 무료로 변론하는 '법 정의 구현 로펌'을 창설토록 했다.

의뢰인에게는 수임료는 물론 성공 보수금을 비롯한 그 어떤 금품을 요구하지 않는 무료 변론이지만, 변호사에게는 로펌에서 평균을 상회하는 합당한 수임료를 지급하는 유료 변론이었다.

문 변호사는 정빈과 유라, 그리고 자신의 철학에 따라 변호사 영입 원칙을 세웠다.

첫째, 판검사 임관 경력자 제외
둘째, 일류대학 졸업자 제외
셋째, 1년간의 독서와 여행, 사회봉사 인턴 십을 통한 품성 검증.

기득권 법조인들의 비웃음과는 달리 '법 정의 구현 로펌'에 지원하는 변호사가 줄을 이었다.

가난하고 힘없는 서민만이 법 사각지대에 있는 것이 아니었다. 지방 대학 출신으로 임관을 하지 못한 변호사들의 사각지대도 넓고 깊었다.

정의감과 집념, 상식을 장착한 '법 정의 구현 로펌'의 변호사들은 매년 열 장의 그림을 쾌척하는 유라의 지원에 힘입어 돈 앞에서 비굴하지 않고 당당하게 대형 로펌의 화려한 전관예우 변호사들과 맞붙기를 두려워하지 않았다.

유라의 지원 외에도, 법 정의 구현을 소망하는 무수한 깨시민들의 성금도 답지했고, 승소해서 억울함에서 벗어난 의뢰인들도 힘이 자라는 대로 후원금을 아끼지 않아, '법 정의 구현 로펌'은 무럭무럭 자라나 유전무죄, 무전유죄인 악덕 로펌의 대항마로 성장했다.

유라와 정빈은 유라의 화상을 치료한 의료팀들에게도 백억을 지원해 '화상 전문 연구 의료 법인'을 설립토록 해 화상의 치료와 원상회복 연구비를 지속적으로 후원했다.

연구진은 화상 후 진피 세포의 복원을 집중 연구해 상당한 성과를 거두어 화상 후 피부의 원상회복이라는 기적을 향한 여정을 시작했다.

유라의 은아로 재탄생된 얼굴이 아닌, '1밀리미터'가 모조리 지워진 얼굴은 공개되지 않아, 여전히 '얼굴 없는 화가'의 민낯은 세계적인 호기심 덩어리, 논란의 용광로였다.

언론과 대중들은 유라의 '정체'에 대해 자극적인 루머와 마타도어로 소설을 쓰기 시작했다.

학창시절 학생부와 주민등록 사진을 추적해 보도한 국내 언론과 유튜버는,
"평범하게 생긴 정유라가 얼굴을 숨기고 신비주의로 그림을 팔기 위해 사기를 치고 있다."
며 유라의 인간성과 작품까지 폄하했다.

한술 더 떠서,
"정유라라는 사람 자체가, 장정빈이 창조해 낸, 존재하지 않는 유령이다."
라는 주장까지 설득력을 얻기 시작했다.

유럽의 메이저 언론사 한 곳에서는,
"크리스티가 러시아 무명 화가들로 그룹을 만들어 공동 작업으로 그림을 그리고 화가의 스토리를 가공해 감성팔이를 하고 있다."
며, 정유라의 실제 얼굴과 작품 제작 과정을 실시간으로 공개하지 않으면 작품 구매자들의 동의 서명을 받아 사기로 고소하겠다고 나섰다.

하여,

유라는 일 년에 딱 한 번, 한 명을 현산도로 초청하여 민낯으로 비키니를 입고 직접 물질해 채취한 전복 요리를 대접하겠다고 선언했다.

유라의 생얼 대면티켓은 경매에 붙여져, 억만장자와의 점심티켓 보다 더 비싼 가격에 낙찰되었다.

유라는 대면티켓 판매 대금 전액을 어로작업 중 사망한 어부의 유자녀 교육비로 내놓았다.

대면해 유라의 눈동자를 들여다 본 낙찰자들은 유라에 대한 예우로 사진을 찍지 않았다. 언론들은 특종을 노리고 낙찰자들에게 마이크를 들이댔는데, 그들은 하나 같이 유라의 얼굴은 물론 온몸의 흉터까지 본 사실을 명예와 영광으로 간직하겠다며 말을 아꼈다.

동서고금을 통틀어 가장 고귀한 얼굴은, 나라를 기울게 했다는 절세미인도, 세계 제일 미녀라는 미스 월드도, 억만 관객 티켓파워를 지닌 여배우의 얼굴도 아닌, 보는 이를 기겁하게 하는, 화상 흉터로 얼룩진 유라의 얼굴이었다.

<끝>

편집 후기

　편집자와 작가와의 의사소통은 결코 쉽지 않다.

권위적인 작가라면 편집자의 의사가 전혀 반영되지 않아

할 일이 거의 없다고 해도 과언이 아니다.

하지만, 열린 의식을 지닌 작가라면 편집자의 의견을 수

용해 작품을 수정 가필해 더 젊어진 글이 되는, 출판사와

작가에게 득이 되는 결과를 얻을 수도 있다.

　'얼굴'이 그러했다.

　작가의 철학과 삶의 지혜가 녹아 있는 이야기가 읽기

쉽도록 편집되었다면 더 이상 바랄 게 없다.

2023년 봄.

작가의 말

 얼굴의 어원을 얼(정신)+꼴(형태)의 합성어로 보는 시각에 동의한다.

 즉, 심상인 얼과 면상인 꼴의 합성어로, '얼굴' 한 단어가 심상과 면상을 동시에 나타내는 것이다.

 오랫동안, 면상인 꼴에 지배당해 심상인 얼을 망치는 많은 사람을 봐왔고, 반면에 희귀하지만, 심상인 얼을 훌륭하게 가꾸어 면상인 꼴까지 아름답게 바꾸는 사람도 봐왔다.

 따라서, 얼굴은 나에게 있어서 선승들의 화두와 같은 것이었다.

 최근 '꼴'이 득세를 하여 '얼'이 사라진 외모지상주의 세상이 되었는데, 결코 바람직한 미래라고 생각되지 않는다. 이 글을 쓰게 된 동기다.

 2023년 만춘 삼각산 문후서실.